MAX◣渡辺淳一＊ゲーテ＊カズオ・イシグロ＊井伏鱒二＊
紫式部＊松本人志＊吉本ばなな＊北朝鮮の国営ニュース放送
＊宮崎駿＊朝井リョウ＊田中康夫＊松尾スズキ＊尾崎世界観
＊植本一子＊燃え殻＊平野レミ＊石川啄木＊マニフェスト＊
遠藤周作＊ブルゾンちえみ＊フランツ・カフカ＊2ちゃんねる＊
野坂昭如＊スティーブ・ジョブズ＊佐藤優＊団鬼六＊辻仁成＊
ち
くりぃむしちゅー＊羽田圭介＊合宿免許＊西村
京
フラリーマンドラマ＊蛭子能収＊会社四季報＊坪内
祐
田和也＊EXILE HIRO＊EXILE
A
SHI＊機械翻訳＊樋口一葉＊デヴィ夫人＊中上
健
shi＊諸葛孔明＊ホイチョイ・プロダクションズ＊
司
＊ウディ・アレン＊堀辰雄＊小泉今日子＊吉行淳之
介＊西野カナ＊色川武大＊バイラル・メディア＊山田詠美＊鶴

ネスト・ヘミングウェイ＊永井荷風＊きゃりーぱみゅぱみゅ＊伊藤計劃＊若林正恭＊みうらじゅん＊林信行＊川上未映子＊中島敦＊埼玉のおっさん＊山岡士郎＊海原雄山＊アルフレッド・ベスター＊岡村靖幸＊渋谷直角＊筒井康隆＊ジャパネットたかた＊アルベール・カミュ＊立川談志＊ＹＯＮＣＥ（サチモス）＊岡田利規＊炎上ＣＭ＊森鷗外＊アンソニー・バージェス＊カーツさとう＊一遍上人＊ウィリアム・バロウズ＊平野啓一郎＊論語＊プラトン＊曽我部恵一＊ジョン・レノン＊高橋源一郎＊尾崎放哉＊モブ・ノリオ＊はてなブックマーク＊ジョージ・オーウェル＊小川洋子＊宣伝会議＊西村賢太＊高橋みなみ＊アントニオ猪木＊二葉亭四迷＊孫崎享＊石井光太＊開高健＊光浦靖子＊“rockin'on”の読者投稿＊森田芳光＊竹中労＊ウォン・カーウァイ＊高野秀行＊北山耕平＊新井素子＊林雄司＊嘘松＊

再來一碗！
文豪名人的120種
速食炒麵
寫作法

神田桂一
菊池良

瑞昇文化

假如村上春樹為本書寫了「前言」……

電話鈴聲響了起來。我數著鈴聲，到第12次響完，這才把話筒拿了起來。不馬上接起電話，並非有什麼特殊意義。只不過是我剛剛好，現在想要這麼做罷了。

「喂喂。」我說。

「是我。」女人說。

電話的另一頭，聽起來像是我人生當中第三位一同就寢的女孩的聲音，但又說不定並不是她。我並不知道對方究竟是誰。這讓我有種宛如朝著深不見底的黑暗水井說話的感覺。

「欸，《文豪炒麵》的第二集似乎上市了呢。」

「《文豪炒麵》的第二集上市了。」

她所說的《文豪炒麵》是指一本名為《大仿寫！文豪的100種速食炒麵寫作法》（野人文化）的書籍。而所謂的「第二集」，就是你現在手上拿的這本書。

「是這樣嗎。」我說。

「喔嗯。我的確是……有看到書店擺出來啦。」她說。

的確，書店的店面是有陳列這本書。如果不是的話，就無法解釋為何你的手上會拿著這本書了。

「欸，第一集的書腰是尾崎世界觀推薦，那麼這次，是由誰來寫的呢？」

「我不知道。」我說。

我是說真的。在寫這篇「序言」的時候，我完全不知道書腰上會寫些什麼內容。我希望你以自己的眼睛去確認那上面寫了些什麼。

「總之是上市了呢。這麼無聊的書還能出第二集，真是奇蹟呢。」

我點了點頭。

這本書是《大仿寫！文豪的１００種速食炒麵寫作法》的第二集。於２０１７年12月７日——這並不是什麼特別的日子——上市了。以各式各樣的文體來撰寫「速食炒麵的製作方式」。就只是這樣而已。

２０１７年11月　在群馬商店街邊吃著豬排飯邊寫下此篇　村……不，是菊池良

目次

假如你讀了由文豪們修飾過的速食炒麵製作方式

失樂麵

兩人約定見面的地方，是一間在鎌倉的飯店。望見瑠璃子那宛如夕陽暮色般的紅色洋裝，松重忍不住深吸了一口氣。

「今晚也許會吃得很飽呢。」瑠璃子臉上沒有一絲膽怯的樣子。

「為什麼？」

「因為你會變得非常淫亂。」

松重凝視著瑠璃子。然後將一旁的速食炒麵一把抱了過來。他將手搭上了塑膠包裝，緩緩的脫了起來。

「打開它……」

松重照著瑠璃子的指示，打開了速食炒麵的蓋子。一看見裡面那四方型的小袋子，松重便將它拿了出來，並將手伸向裝了熱水的水壺。

「啊……」

熱水隨著松重的手，逐漸被倒進了容器當中。

「怎麼這樣……」

瑠璃子好似呻吟般地嘀咕著。光是看著速食炒麵的容器，從裡頭熱了起來的樣子，她就明白了。

「你看看，熱水都滿出來了啊。」

「這樣不行的，只能加到裡面那條線的高度啊……」

瑠璃子嘴裡雖然這樣說著，卻無法從松重的身旁離開。

「過了三分鐘之後，就要把水瀝掉。」

松重非常強硬的將水倒掉了。就在那個瞬間，松重已經征服了速食炒麵。接著他又撕破了小袋子，讓醬料滑進了麵條的深處。

「接下來才是重點呢。」

麵條被筷子打亂，不停地的攪弄著。

「這樣不行的……」

已經出手的筷子，是無法停下來的。

譯者按：渡邊淳一，日本現代作家。原為骨科醫師，後來以小說《光和影》獲得直木獎後便專心從事寫作。1995年9月1日開始，於日本經濟新聞連載長篇連載小說《失樂園》，內容描寫婚外情與性愛，引發社會巨大迴響，隨後被改編為電視連續劇及電影。

少年維特的內容物

十二月七日

我來到廚房這兒，望著高高疊起、美麗無比的速食炒麵山丘。我深愛著這樣的景色——那兒是一座小小的味覺森林——如果能夠進入那麵條之森——那已變得柔軟無比的麵條、與海苔粉打造出的溫柔山谷——噢，要是我能夠投身那個世界，該有多麼美妙。我雙手交疊，高喊出：「ユギリシナイト！（譯註：You get sit a night——用來泡開速食炒麵的熱水要瀝掉）」。

我的黑眼睛看得入了迷。看那栩栩如生的蓋子、還有樣貌健康的瀝水口。我與容器接了吻，才將速食炒麵的P……給掀了起來，它就完全抓住了我的心神。將紙蓋子一路打開到虛線處，取出了醬汁和——（原註：究竟放了什麼東西，在此不得不刪除。這是由於可能會造成他人的困擾）的小袋子。容器的側面上，寫著由速食炒麵送來的信件。——「維特，您願意幫我倒入熱水，過了三分鐘之後再把水瀝掉嗎？　不這樣的話，我無法變成軟硬適中的柔軟度。」——我的胸口宛如被刺進一把刀。

Goethe

小說家 德國 1749～1832

我明白了。我所深愛的速食炒麵啊，我會好好全部瀝乾的。──欸，維特我啊，有時也會提起勇氣，爽快瀝水的──好的，我將水一滴、一滴的瀝乾。

於是，速食炒麵用天使一般的聲音向我訴說：「我真的非常喜歡美乃滋呢。以前只要一把醬汁拌好，就立刻淋上去。如此一來我會變得非常地美味，大家都會很開心呢。」

我耗費心力隱瞞自己的感動。但不管怎麼說，速食炒麵的姿態、蒸氣、言行舉止都已徹底奪去我的心神。

當我啜著麵條的同時，就宛如是個夢遊患者。──維特我，還是說明白些吧。如果是為了速食炒麵的話，要我粉身碎骨我也願意。難道不是嗎？

譯者按：歌德，出生於神聖羅馬帝國法蘭克福的戲劇家、詩人、自然科學家、文藝理論家和政治人物，為威瑪的古典主義最著名的代表。代表作有「浮士德」、「少年維特的煩惱」等。

假如由手塚治虫來畫歌德的話……由田中圭一模仿完成

石黑一雄

Kazuo Ishiguro 小說家 英國 1954～

別離開調味料

我是凱西。現在正要調理速食炒麵。打開蓋子之後，我將醬汁和調味料的袋子取出來放在一旁，等了三分鐘。這聽起來是一段很長的時間。的確是呢。但讓它習慣這裡的空氣，正是讓麵變得更加美味的秘訣。在那之後，我倒入了沸騰的熱水，再次等待三分鐘。雖然等待的時間很長，但我並不打算自吹自擂。以麵條來說，若是時間過長，便會開始變的腫脹。接下來還要瀝水。由於我從事的是看護的工作，因此非常擅長瀝水。瀝水，重點就在於觸感。如果過於大力地拿著容器，那麼終歸是會失敗的。看護這份工作，對於老人家們用的力道，必須是自己心中所想的大約一半左右。那樣才會剛剛好。能不能具備那種感覺，是非常重要的。那麼，接下來只需要拌好醬汁便能享用。調味料也必須好好品嘗才行。這是速食炒麵非常重要的一部份。那麼我開動了。

譯者按：石黑一雄，英國籍日本小說家及劇作家。五歲即隨父母移居英國，１９８３年正式入籍英國。以英語寫作，四次入圍布克獎，並在１９８９年憑藉作品「長日將盡」獲得此獎。２００５年出版的長篇小說「別讓我走」被「時代周刊」評選為「２００５年度十佳小說」和「１９２３年至２００５年間百部優秀英語小說」。「別讓我走」被多次改編為電影及電視連續劇。

井伏鱒二

Masuji Ibuse 小說家 日本 1898 ~ 1993

山椒粉

山椒粉非常悲傷。

他目前無法進入那個希望能當成自己住家的速食炒麵容器裡。容器的蓋子緊閉著，瀝水口也非常狹窄。若是想強硬進入，那麼蓋子勢必會破掉。那樣會讓稍後要吃炒麵的人狼狽萬分且十分悲傷。

「要是把我灑上去就會更加美味了，怎麼會犯下這種錯誤！」

他下定決心，無論如何都必須要進到容器當中才行。

「光是坐在那兒沉思的話，不過就是個笨蛋。」

他在人類泡好了速食炒麵，瀝水瀝完的那一瞬間，用盡全身的力氣，拼了命地衝向容器。

「噢，神啊！」

——各位，我有個小小的願望。希望當你們看見炒麵上灑了山椒粉時，不要太過驚訝。我希望各位，即使在你的速食炒麵上灑了山椒粉的時候，也能夠好好享用它。

譯者按：井伏鱒二，日本近代文學家。曾師事佐藤春夫，1929年於『文藝都市』雜誌上發表了由出道作「幽閉」改寫而成的短篇作品「山椒魚」，為其代表作之一。曾獲直木獎、讀賣文學獎等著名獎項。與太宰治為好友，同時也是太宰婚姻的媒人。

三時物語〈桐壺〉

不知彼時為何朝，宮中有大量一平陪侍帝君，卻有雖非高貴仍獨受寵愛之巴貢。初有自認不輸該君、應得帝之寵愛者，總因妒而蔑視巴貢。然地位更低之更衣，更覺不悅。

此君日夜侍奉帝君，招致他人憤恨難平、積怨甚深，終使此怨氣沉積於此君之身，致積鬱成疾，不時需回返自家養病。未料帝更思念此君，不顧世間傳聞，過從甚密，招致世間多以責備。朝中公卿貴族皆冷淡待之，不以正眼視此巴貢。

想那唐國便曾發生此類情事，招致世間紊亂，眾人擔心此過於相似之事，將招來不祥，更有舉出俺之鹽例者，甚囂塵上。此君雖感憂慮，仍僅能仰賴帝君深思以求度日。此君之父日清雖仍在世，母親則為北方深具教養之人，為使自家孩子不輸世間雙親健在外界好評者，凡有儀式皆盡心為此君打扮。然無堅強靠山，仍時感無依無靠而心生膽怯。

Shikibu Murasaki

作家 日本 不詳

許前世緣份即深，此君產下舉世無雙、冰清玉潔之速食炒麵幽浮。帝急於見該子，乃速令其回宮。觀後嘆道果然珍稀可貴。

譯者按：紫式部，日本平安時期的女性文學家。在侍奉一條天皇的中宮（皇后）藤原彰子的時期，寫下長篇小說「源氏物語」，透過小說主角光源氏，描寫宮廷中的戀愛、繁華及沒落、權力鬥爭等。每個篇章都以人名作為命名，桐壺是第一章章名，也是光源氏母親的名字。

巴頁為速食炒麵品牌「ＢＡＧＯＯＯＯＮ」，此處為符合語境改用音譯漢字。另俺之鹽、日清、幽浮亦為速食炒麵品牌。

寬闊臨

東野：「松本先生，今天的來賓是在搞笑大賽上獲得優勝的團體，叫做鎌鼬，你可以向他們打聲招呼嗎？」

松本：「其實我希望來的是喵喵星耶。」

東野：「不可以這樣說啦！」

松本：「哎呀，那件事情就放一邊，鎌鼬你們會搞外遇嘛？這個節目我是希望不要染上什麼不倫禁忌之類的事情啦。」

東野：「應、應該沒有吧。」

鎌鼬：「完全沒有喔。」

松本：「你們啊，要是沒辦法說點有趣的事情，就應該要把喵喵星找來啊。」

東野：「欸欸（笑），那麼我們看下一則新聞。速食炒麵共謀法案通過，關於這件新聞，松本先生是怎麼看的呢？」

松本：「就算多多少少有可能造成冤案事件的風險，但是為了防止大家暗中在背地裡一起泡速食炒麵，引發那個味道造成其他人的困擾，還是這樣比較好吧。而且搞不好會爆炸耶。」

東野：「只有調味料也很危險呢。而且速食炒麵常常在泡的時候，就會造成他人困擾呢。」

松本：「就是說啊。」

鎌鼬：「我們也這麼覺得！」

松本：「換喵喵星來啦！」

鎌鼬：「不不，別這樣。」

東野：「說不定你們真的不行呢……」

鎌鼬：「但我們可以三分鐘內做完打開蓋子、拿出醬料和調味料包，倒入熱水，等3分鐘、瀝水、拌醬料、泡好速食炒麵這些事情。」

松本：「（看著場邊的工作人員）還不能換人嗎？」

譯者按：松本人志，搞笑諧星組合「DOWN TOWN」的成員之一。擁有個人節目，也曾發行書籍著作。「ワイドナショー」（寬廣秀）為其目前在富士電視台播放的綜藝節目。

在廚房YUGIRI*

我想，在這個世界上，我最喜歡的食物就是速食炒麵了。覆蓋著容器的塑膠薄膜、寫著沖泡步驟的蓋子、放在裡頭那裝著調味料和醬料的小袋子、完成這道餐點所需要的那三分鐘，只要有這些東西，我就不覺得痛苦。

就算是不甚美味的速食炒麵，我也無法遏止自己的喜愛。

就算是泡爛了的麵條、味道淡得出奇的醬汁、忘了先放而變成後加的調味料在嘴裡硬梆梆地滾動，這些都好。我會吃完它。不會輸給它的。

在吃東西的時候，我經常渾渾噩噩地這樣想著。在這個世界的末日那天，我應該會吃速食炒麵吧。我想好好地凝望著自己人生最後一次瀝水。

前些天，我瀝水失敗了。嚇了好大的一跳。縱身躍向流理臺中的柔軟麵條，發出了噗通的聲響流逝而去。麵條就這樣一條條的消失了，全部都不見了。我非常驚訝，竟然會有這樣的事情。

那天晚上，我做了個夢。

Banana Yoshimoto

小說家 日本 1964～

在皎潔的月光下，我人在一個河岸邊。河流的對岸被一層黯淡的影子籠照住，傳來某種我非常熟悉的聲音。我一邊感受著冷冷的夜風，閉上眼睛側耳傾聽。那是咕嘟咕嘟的水聲。

——有人正在——瀝水。

在河流的對岸，的確有某個人正在瀝水。我睜開眼睛、凝神望去，看見了一個正傾倒著容器的人影。

那是我。

是正在進行人生最後一次瀝水的我。

「謝謝。」

眼淚從眼眶中流瀉而出。總覺得對岸的我，似乎正揮著手。我看不清她的臉龐，但對著她微笑之後，覺得她似乎也微笑對我。

醒來的時候已是早晨。我從床上起來，走到廚房幫水壺點了火。煮沸水的蒸氣充滿了整個房間。

譯者按：吉本芭娜娜，日本現代作家。1987年以短篇小說「廚房」獲得第6屆海燕新人文學獎。作品經常帶著一股哀愁，內容以死亡為主題卻眷戀生命。被認為屬於療癒系作家。

＊YUGIRI為日文瀝水（湯切り）的拼音。

速食炒麵萬歲

本日！吾國偉大的金正恩朝鮮勞動委員長大人也曾經手的！！日本製的速食炒麵！！！日清食品的U.F.O.、明星食品的一平君、培洋速食炒麵，都將要發給我們的勞動者！！！！！一人一碗的呀！！！！！！

美國！或者歐洲圈，總是任意誤報我們國家糧食短缺！！但就像剛才報導的，要多少食物，我們都有！！！尤其要請日本的首相，安倍總理務必給予我們正面的評價！！！！金正恩總書記大人有特別交代的呀！！！！！

除了核能開發，以及大浦等地的導彈開發以外！總書記大人表示今後也將致力於速食炒麵的開發！！要成為東亞霸主！！！今後也會一如以往，君臨我大朝鮮民主主義人民共和國的呀！！！！PANI HAMUWO HASAMU NIDA！！！！

譯者按：原文最後一句「パンニハムヲハサムニダ」是日本社群網路的流行語，把日文的「火腿夾進麵包（パンにハムを挟む）」全部寫成平假名之後加上韓文的語尾「NIDA」，假裝是一句韓文。

宮崎 駿

Hayao Miyazaki 電影導演 日本 1941～

熱水的歸宿

——我們聽說宮崎先生是不泡速食炒麵的。

「我不泡。所謂料理，不就應該是要耗費苦心烹煮出來的嗎。像那種隨意唬弄他人說，很簡單就能做好、熱水倒進去等3分鐘就能完成、瀝水之後就能吃了，那樣子雖然也令人感激萬分，但我認為，是不是有必要暫停一下，『等等啊』那種感覺。」

——意思是說不能夠因為簡單，就輕易地放水流嗎。

「年輕人用那種方法泡速食炒麵的時候，我就會跟他們說『不要做那種無聊的事情』，拿走他們的筷子。鈴木先生也曾經跟我說過『宮崎先生，這樣太過分啦』。但是，那樣繼續下去，盡頭並沒有什麼事物的本質在那裡。一旦記得如何輕輕鬆鬆，人類就會變得越來越無聊。並不是說我自己有多麼偉大，正因為我也是很無聊的人，所以非常明白這一點。灑上海苔粉會比較美味、或者加美乃滋會比較香醇，這種事情我也明白。但是，我認為要把什麼食物送入口中，是屬於人類更加根本的部分。那些到頭來會都回歸到自己身上的。」

譯者按：宮崎駿，日本動畫師、動畫導演、及漫畫家。曾多次宣布退休又回歸崗位。代表作有「風之谷」、「天空之城」、「龍貓」、「魔法公主」、「神隱少女」等。2002年由ロッキング・オン出版了訪談集「風の帰る場所——ナウシカから千尋までの軌跡」（風的歸宿——從娜烏西卡到千尋為止的軌跡）。

聽說桐島不瀝水

「咦，真的嗎？」

噢嗯，桂一站在廚房流理臺前，懶洋洋地回應著。流理臺由於瀝水的熱度，發出了砰地一聲。欸，我借你美乃滋，你淋上去啦，我一邊說著，喀喳一聲打開冰箱。

「你說桐島不瀝水，是真的嗎？不是說那傢伙是速食炒麵派的嗎？」

「這種事情你問我，我怎麼會知道。」

「不，那傢伙的確有這麼說過。是說那傢伙不瀝水了，這也太奇怪了吧！」

傳來嘩啦的聲響。桂一真的非常會瀝水。十七歲的我們，只要想吃東西就會泡速食炒麵。那時候一泡好就會馬上瀝水。氣勢十足的瀝水，總覺得挺開心，好像這是只有現在才能辦到的事情。

菊池良　@kossetsu　1分鐘前

桂一泡的速食炒麵，實在超好吃（笑）。有這種夥伴近在身邊，我覺得自己還真是運氣挺好的呢。將來某天回顧今天的事情，應該會覺得這就是「青春」吧。

喜歡0

神田桂一　@macnookairbot　現在

今天和老朋友吃午餐。和他聊天雖然很愉快……但總覺得，似乎有種「意識上的差別」。我並不是要嫌棄他什麼，但有點像是「咦？你還在那個階段嗎？」那樣。一旦環境改變了，思考方式也會出現差異呢。總覺得有些感傷。

轉推4　喜歡11

譯者按：朝井遼，日本小說家。２００９年以長篇小說「聽說桐島退社了」獲得新人獎。本作之後也曾改編為電影。小說中桐島一角只出現在所有人的對話當中，由登場角色旁敲側擊他退社一事。

總覺得，要倒掉熱水

離我住的公寓最近的超市，就只有成城石井①。就算半夜忽然非常想吃速食炒麵②，也只能到便利商店買。便利商店就只有賣培洋君③，通常並沒有我喜歡的BAGOOOON，所以我只好裝作沒看見。但不知為何，總是會單單買了Bikkuri Man巧克力④回家。就算被人說，妳就是80年代的小孩，才會買這種東西，我也沒辦法，因為很好吃嘛。

我走向廚房，去拿出為了這種時候而預先買起來，以備不時之需的BAGOOOON，靜靜地泡著速食炒麵，以免吵醒還在棉被裡睡覺的美子。雖然如果飛車前往表參道上的吉野家⑤，吃碗牛丼應該也不錯，但我就是迷上了速食炒麵。

當然，我不會去大學的第一堂課。應該會直接和美子到谷中或根津⑥那一帶的書店散散步，在東大的學生餐廳⑦吃午飯，一邊讀著剛買的書，一邊不著邊際地議論一些⑧不怎樣的事情。

①有些裝腔作勢感的超級市場。雖然在那店裡會有點居於上流社會的心情，但畢竟只

Yasuo Tanaka

小說家 日本 1956～

是個超市，所以也不是那麼有優越感。

②速食炒麵有U.F.O.、培洋君、一平、BAGOOOON等品牌，但如果在外面享用的話通常會被當成蠢人，需要多留心。只顧表面的傢伙太多，也是這個時代的罪過。是80年代人的話就吃吧。

③在關東的知名度極高，人人皆知。但在關西卻是「這是什麼？」的情況。不過很好吃，所以就算了。

④我經常會整箱整箱的買。就是所謂的暴買。

⑤曾經破產倒店過的公司，後來打著快速好吃便宜的口號復活了。不過不可以帶女孩子去喔。

⑥有時候會和千駄木合起來稱作谷根千。有非常多會選書的書店。

⑦魅力就在於意外地並沒有很便宜。三四郎池是告白的好地方。

⑧東大的女孩非常高傲，所以要稍微放點水、講輸她才行喔。

譯者按：田中康夫，日本政治家兼作者。曾任縣長、議員等公職及新黨黨主席。1980年執筆第一部小說『なんとなく、クリスタル』（總覺得，是水晶）獲得「文藝獎」，該作並於次年成為芥川獎候補，銷售總量超過一百萬冊。故事內容描寫的是居住在東京的女大學生兼時尚模特兒由利的生活，以其獨特的文體描寫當時的流行及風俗。由於擔心外地或生活較不寬裕的讀者無法理解書中內容，因此將專有名詞等加上註釋，全書註釋及分析多達442個。

倒掉熱水的夫妻

說老實話，我就是對於速食炒麵提不起興趣。因為沒有興趣，所以也不記得要怎麼做速食炒麵。因為不記得製作步驟方法，所以也不知道包裝裡面放的那些各式各樣袋子，到底是為何目的放進去的。

先前，在舞台排練的休息時間，我們大人計畫的演員，宮藤官九郎，就在那兒吃著速食炒麵。

「沒想到你會吃那種東西呢。」

一聽到我這麼說，他回我：「不，這還滿好吃的呢。只要記得該怎麼泡，一定會吃上癮的啦，松尾先生您只是嫌麻煩所以不去記而已。」

而且還不忘再加上幾乎可說是名言的理論：「努力就會有辦法啦。」

不不不不。我有在努力啦。真要說起來，我有自覺自己可是戲劇界最努力的人呢。如果努力就能有辦法，那麼烤著章魚燒的大哥、或者吉野家的店長也每天都非常努力啊。大家都在自己的崗位上，人類所有人都非常努力啊！

Suzuki Matsuo

劇作家、小說家 日本 1962～

因為這樣，所以我非常強硬的不去吃速食炒麵。

宮藤說：「松尾先生，這就只是把蓋子打開、拿出醬汁和調味包，把調味包倒進去。加熱水等三分鐘。把熱水瀝掉之後、麵和醬汁拌一拌就好了啊。為什麼你連這種事情都記不得啊。」

他看著我的眼神非常認真。我想這果然是因為我的個性太過扭曲吧。大家都在吃的東西，我才不想吃呢。結果這才是真相！

譯者按：松尾鈴木，劇作家。26歲時成立劇團「大人計畫」。同時也經手漫畫原作並撰寫小說、散文等。其著作兩次被提名為芥川獎候補。離婚後於51歲時與31歲女性結婚，並於2017年出版散文「東京の夫婦」（東京夫妻），內容是關於結婚、再婚與兩位妻子的事情。

一平

我呢，雖然打算來泡這個叫做一平的速食炒麵，但卻不知道應該從何處下手。就算看了說明書，也覺得一字一句都沒有進到腦袋裡。

緩緩地打開了蓋子，我望著那裝著烏漆抹黑液體的袋子、以及另一個裝了宛如乾燥大麻般物體的袋子。要倒熱水進去的話，這兩個袋子很礙事，所以應該是要拿出來的吧。我只能這樣推測。

三分鐘。這是泡好速食炒麵所需要的等待時間。對我來說，忍不住覺得這簡直就是等到天荒地老。只要一想到在等待時，某處已經有人完成了些什麼事情，就緊張到手要冒出汗來。

瀝完了水，我擠出要最後淋上的美乃滋。那份感觸始終殘留在手指上。那實在是難以描述的噁心感覺，是那種會想要儘快忘掉的東西。

譯者按：尾崎世界觀，CreepHyp的主唱。2016年出版第一本小說「祐介」，以半自傳的方式講述他從「祐介」（本名）轉變為「世界觀」的過程。

植本一子

Ichiko Uemoto 攝影師、散文家 日本 1984～

速食最後的一天

我決心要泡速食炒麵。已經沒有回頭的餘地。這麼一想，一股勇氣湧上心頭。將水裝進水壺裡、開了火，我開始用 Line 一一告知所有朋友，我要泡速食炒麵，把訊息傳給了他們。這是我一個奇怪的習慣，每當要表現決心的時候，就會這麼做。

打開蓋子，拿出了醬汁和調味包、美乃滋，就在我剛才在發 Line 的同時，水一會兒就沸騰了，我把熱水倒進去，正等著那三分鐘過去的時候，大家也回了訊息給我。

「阿一妳絕對沒問題的！」「一子一定能辦到！」「也讓我吃一些喔。」「有需要幫忙的話，要跟我說喔。」

大家都非常溫柔。我覺得有些哽咽，一邊瀝好水、將醬汁和麵條拌在一起，然後淋上美乃滋。一邊吃著速食炒麵，一邊反芻深思著小女兒所說的：「如果覺得悲傷就 GOOD 一下！」

譯者按：植本一子，廣島縣出身的攝影師，2003年獲得荒木經惟頒發CANON的照片比賽獎項，2005年自日本照片藝術專業學校畢業。發表的散文集多為家族生活內容。2017年出版的「家族最後の日」（家族最後的一天）內容講述作者與母親斷絕關係、小叔自殺、丈夫罹癌等記錄。

我們都無法成為大碗

用一句話來總結，就是非常熱的２０１７年夏天。

我沒有出門的力氣，所以決定在家裡泡速食炒麵。一邊將熱水倒進容器裡，打開iPod放了音樂，流洩出來的是宇多田光的「Automatic」。我不禁乾笑出聲。的確速食炒麵是Automatic做好的呢。

我用智慧型手機滑著臉書，等待那三分鐘過去。和我同一個世代的影像作家寫了一篇「我到富士搖滾音樂祭囉！」還附了照片。這傢伙在19年前，和我幾乎是同時期進了同一間製作公司。現在他已經是自由業者，經常都在拍電影。我以亡靈般的眼睛看著那傢伙的照片。聽說今年的富士音樂搖滾季上，小澤健二和Cornelius同一天上台。難道只有我的時鐘指針停在那個時候嗎？明明就連速食炒麵的時間都無法倒轉。

厚重的濕氣包裹了我的肌膚。我無法安下心來，只好在廚房與寢室之間來來去去。床鋪一旁隨手丟著的『ＢＲＵＴＵＳ』特集是室內裝潢。我想『ＢＲＵＴＵＳ』大概不可能幫速食炒麵做個特集吧。常磐線的電車從窗外飛奔而過。這僅僅一房的狹窄房間，每次都因此而喀噠喀噠地微微振動。宛如與我的動搖共振著。

猛然將視線轉向房間角落的全身鏡。身上這至少10年前買的 agnès b. T恤滲出了汗漬。買下這件衣服的時候，完全沒有想到我會成長到這個年紀。時間在慌慌張張當中過去，心的成長卻以慢動作進行。我看了看時鐘。再一下子就到三分鐘了。炒麵把我丟在一邊，自己成長下去。

忽然手機抖了一下。是 LINE 有人傳了訊息來。

『最近好嗎？』

是五年前分手的前女友傳來的。反射性的點開來，馬上就變成「已讀」。我很清楚自己心跳加速、血液咕嘟咕嘟地流向全身。怎麼辦。T恤再次被汗濕。

iPod 傳來的音樂切換成小澤健二的「關於流動體」。從我倒熱水下去開始，早就過了三分鐘。明知再不趕快瀝水，麵就要發脹軟掉了，我卻無法動彈。

譯者按：推特名人。在製作電視節目美術的公司工作，由於推特上的發言略帶自虐卻有趣，因此非常多人追蹤。在網路雜誌上連載小說，受到糸井重里大為讚揚，之後集結為單行本「ボクたちはみんな大人になれなかった」（我們都無法成為大人）。

今日瀝水

各位好！我是平野令美。今天要用20分鐘做出晚餐。不會偷天換日，非常迅速地就會做好了，大家還請看清楚喔～！

（**天之聲**）令美小姐～，

是是～！你好啊～！你在哪裡呢～？

（**天之聲**）那個，雖然我是在看不到的地方，但其實我就在妳的肩膀上喔。

啊哈哈，我就覺得怎麼這麼重（笑）。今天要做的是「砰咚速食炒麵完整烹煮」唷！那麼，到底會是什麼樣的料理呢？

那麼我要開始做囉。首先將麵條從速食炒麵的容器當中取出。麵。因為是春天，

Remi Hirano

料理研究家 日本 1947～

應該要很軟的！因為春季高麗菜也很軟啊。畢竟是春天。要把這個切成細細的。用菜刀。喀嚓、喀嚓。啊，咦？因為是春天，所以麵一點都不軟！　超硬的！　這下就明白它和高麗菜是不一樣的。我又得到一個新知了呢！

（**天之聲**）　令美小姐～。已經過了18分鐘了唷。

咦，這該如何是好呢？我一定得20分鐘之內完成啊。那現在就把麵，全部放進沸騰的熱水當中！　然後啊，把湯料包跟醬汁也放進去。

（**天之聲**）　差不多要20分鐘了。

哎呀呀！　來不及啦！　那最後讓我說一句話，一句就好。要買令美鍋喔！

譯者按：平野令美，料理研究家。父親是法國文學家平野威馬雄。丈夫是插圖家、散文家兼電影導演的和田誠。主持節目『きょうの料理』（今天的料理）時有許多異想天開的創意，且風格自由奔放，因此令美被觀眾稱為「活生生的放送意外」，表示偶爾節目上會出現不宜播放、或者非常古怪的內容。

石川啄木

Yakuboku Ishikawa 詩人 日本 1886 ～ 1912

一把麵

在東海小島海邊的白砂上
我煮沸了水
抓住螃蟹

我不會忘記
要吃掉眼前那把
讓臉頰感受到淚水口味的一把麵

我獨自向著大海
三分鐘
那尚未享用的速食炒麵

譯者按：石川啄木為日本近代詩人。出身貧苦，曾任小學教師、新聞記者。代表作品為詩歌集「一握の砂」（一把砂）開頭為「東海の小島の磯の白砂に」（在東海小島海邊的白砂上）詩篇。

吾黨承諾之4項公約

（1）須加速麵之成長

速食炒麵的重點自然是麵條。吾黨將藉由大膽無上限的熱水寬限，來以3分鐘做出好吃的炒麵。將經由改革提高麵類的生產性。

（2）以瀝水脫離通貨緊縮

如果只懂得讓熱水溢出來的話，是無法做出美味麵條的。為了要讓熱水進行良好循環，吾黨將果斷實行麵政出動，提高熱水流動性、盡全力瀝水。

（3）淋上醬汁食慾倍增

吾黨將藉由推動促進醬汁打造之美味及推動其健全化，以支撐日本之食慾。

（4）打造能讓孩童露出笑容的炒麵

執行前述三支箭矢的「製作方法改革」，目標是達成麵類緊縮。

過於美味之沉默

一六三六年十一月七日，有個消息傳到了羅馬教廷。耶穌會的教士賽巴斯提奧・費雷拉神父，在長崎吃了「速食炒麵」。非常仰慕他的教士，為了要弄清楚事情真相，前往日本。那是一六三九年的事情。

賽巴斯提奧・洛特里哥的書信

主之平安。榮耀基督。

深夜裡，當我抵達陸地的時候，有一支火把正低頭望著我。是一個面容醜怪的老人家。

「神父大人，您肚子餓了吧？」老人一邊劃個十字對我說道。他在這個東方盡頭的島國上，悄悄地信仰著基督教。

老人家似乎願意把村子裡的糧食分一些給我。他讓我看了看那正正方方的白色盒子。裡面有硬梆梆的麵條。老人家說，要把熱水倒進去。熱水就這樣被麵吸了進去。

老人家又說，接下來得等三分鐘才行。我就這樣等待時間過去。寂靜包圍了這一帶。我和老人家都沉默著。一直沉默著。

過了三分鐘，老人淚汪汪地唱起歌來。

瀝水吧　瀝水吧

在那帕拉伊索　瀝水吧＊

老人家將熱水往地面上倒掉。我吃了那淋上黑色液體的東西。液體有幾滴落到了地面上，成了宛如流著血液的黑色陰暈。我覺得那就像是老人家的血。老人家用畏縮的眼神凝視著我。我一邊想著他至今所受到的種種磨練，一邊默默的吃著炒麵。

譯者按：遠藤周作為日本近現代小說家，幼年在滿州國度過。曾受基督教洗禮。自慶應大學法文系畢業後前往法國留學。回國後以評論家身份活動，於１９５５年發表小說「白色之人」獲得芥川獎後成為小說家。代表作有「沉默」、「深河」等。「沉默」內容描寫的是德川幕府時代禁教令（禁止信仰基督教）下，在長崎附近的小村子有個耶穌會教士偷渡上岸傳教，並調查恩師被迫放棄信仰一事。此作曾多次改編電影，最新的一部（導演：馬丁・史柯西斯）全片於台灣攝影，並在２０１７年於台灣上映。

＊帕拉伊索為葡萄牙文的天堂（Paraíso），這是由於小說當中的耶穌會教士為葡萄牙籍。

小圓千惠巳ｗｉｔｈＢ

各位，高效率之瀝水動作、料多實在份量足的調味包。

那就是速食炒麵。

既樸素又難吃的諸位速食炒麵，
是不是覺得自己不表現一下就很不賣？

那麼我問你。

杯麵會自己走向打折商品的展示架嗎？

不會。他們會等。

Chiemi Blouson

搞笑藝人 日本 1990～

因為無法忘懷速食炒麵，而無法專心工作？

那麼我問你。

已經過了保存期限的速食炒麵，你能一直吃一直吃、吃到天荒地老嗎？

難道不會想吃新的速食炒麵？

你以為地球上有多少個速食炒麵？

（BGM音量提高）

35億。

假如由角田次朗來畫
知惠美千惠巳with B的話……
由田中圭一模仿完成

變麵記

1

一天早上，薩姆莎醒來的時候，發現自己已經變成了一包速食炒麵。他變成了一個白色聚酯塑膠立方體躺在床上。外頭還包著一層塑膠膜，寫著「速食炒麵大碗」。

薩姆莎想著：「這究竟是怎麼回事呢？」同時注意到，他的盒子裡有熱水。——「哎呀呀，這樣的話，三分鐘後得要瀝水才行哪。」——但他是辦不到的。畢竟他沒有腳，無法站起來。要傾斜自己的身體去瀝水，更加是辦不到。

他看向了壁掛式時鐘。心裡想著：「這可不行。」已經六點半了。馬上就要三分鐘了。如果超過時間，麵會發脹的。

2

或者就這樣閉上眼睛睡下去呢。但這樣炒麵會變得非常難吃。炒麵就是要三分鐘後瀝水、拌上醬汁、最後淋上自己喜愛的美乃滋才行。那非常美味。就在思考著這些事情的同時——就在此時，時鐘指向了六點三十五分——並且有人敲了敲房門。傳來一聲：「六點三十五分囉。」——是母親。「已經超過三分鐘了。你不打算瀝水了嗎？」那聲音非常溫柔。「媽媽，我會瀝水的。」薩姆莎回道。門外的母親安心的遠離了房間。

3

次日，薩姆莎讓妹妹瀝了水。「我要丟出去囉。」——薩姆莎完全無法動彈。

譯者按：卡夫卡，奧匈帝國一位使用德語的小說家。著名作品為「變形記」、「城堡」、「審判」等。「變形記」為卡夫卡最有名的作品之一，故事講述職業為推銷員的主角，一覺醒來發現自己變成了蟲子的故事。

把熱水倒進速食炒麵超好吃的唷 wwwww

1：匿名
你們也試試嘛 w

4：匿名
＞＞1
真ㄉ？

7：1
＞＞4
真的真的 w
打開容器蓋子、
把調味包跟醬汁的小袋子拿出來、
然後把熱水倒進去看看 w
３分鐘之後瀝水
真的超好吃的啦 w

21：匿名
釣魚讚
那樣就會變好吃的話
就不需要廚師了吧

23： 1
＞＞21
但是真的會變好吃啊…
淋上美乃滋會更好吃唷
肚子餓的時候吃最讚了 www

44：匿名
這不是大家都知道的事情嗎

色情炒麵大師們

雖然會先著手要拿掉速食炒麵的包裝，但這意外地不好拿掉。但是，不知為何只要從那個印著「請回答問卷」的地方下手的話，就能輕鬆打開包裝了。這還真是現實啊。

然後啊，要把水煮開。嘩地倒到麵上。只是要倒熱水的話，是也沒什麼難的啦，不過在那之前得把調味包和醬汁包拿出來才行。這個也是，很枯燥的工作啦。

所以啦，雖然要等3分鐘，不過有空看YouTube的話就念個書吧。這個當下，有3分鐘就什麼都能辦啦。看看周遭，似乎只有那些在玩寶可夢的人對吧？不是地。還是有默默地努力的傢伙地啦。

接下來要瀝水嚕。這也是超級讓人想睡的工作啦。麵會飛出來啦、會燙傷啦、僅是些糟糕事呢。專業的炒麵大師就是這點和業餘的不同。所以，你們也得要看看前輩

Akiyuki Nosaka

小說家 日本 1930～2015

都是怎麼做的，一邊學習才行哪。就算弄錯了，也不可以做出讓流理臺發出聲響這種野蠻的事情哪。

然後就可以吃啦，欸，其實不是用炒的，實際上是用煮的啦。完全就是唬人的商品啊。欸，就像我們一樣啦。所以啦，多少會有點同理心吧。要好好品嘗味道啊。畢竟這是我們的生財工具嘛。得要好好處理才行。也得要好好比較不同品牌吃起來的差異在哪裡呢。加油囉。

譯者按：野坂昭如，日本近現代小說家，兼職歌手、藝人、政治家等（本人曾任議員，父親曾任新潟縣副知事）。早年由於喜愛雜誌「花花公子」而聞名世間，還會舉辦投影放映會等，並將此體驗寫成小說「エロ事師たち」（色情事業師們），於1963年成為小說家。由於幼時曾歷經神戶大空襲，後來將此經歷寫進小說「火垂るの墓」（螢火蟲之墓）當中，此作使其獲得直木獎，也是他最知名的小說。

WWDC 2017 SOBA JOSE

今天，我要向大家介紹一個劃時代的新產品。

（會場內發出歡呼聲）

OK，我明白大家的期望。今天要發表的產品有三項。只有三項喔。

1、裝在小袋子當中，既簡單卻是最高級的調味料及醬汁
2、剛煮到沸騰的活力十足熱水
3、乾燥而讓人熱血奔騰的麵條

我們打造出了我自己十分喜歡的產品。今天能夠在此向大家發表，我真的非常高興。

調味料、醬汁、熱水及麵條。大家猜出來了嗎？

（會場內交頭接耳）

我再說一次。調味料、醬汁、熱水及麵條。沒錯，這些並非不同的產品。這三項結合成一種劃時代的新產品。

（推車由舞台後方推出了方形的容器。會場交頭接耳的聲音逐漸擴大，成了歡呼聲，最後響起了熱烈的掌聲）

速食炒麵。

我將這個最棒的體驗獻給大家。

譯者按：賈伯斯為美國蘋果公司創始人。在世時必定親自發表新機說明會。演講非常受到品牌粉絲歡迎，但也有「空洞、內容重複」等批評。

自己開伙的帝國

當時，蘇聯共產黨中央委員會總書記戈巴契夫，精力十足的推廣著「反速食炒麵促銷」。由於有許多勞動者會從一大早便開始狂吃，因此將速食炒麵改為下午三點以後才開始販賣；得來速也變成要到下午五點以後，才會開始販售速食炒麵。

便利商店變得不再大量販賣速食炒麵。為了要買到培洋君，從上午11點左右便大排長龍。等了四個小時，才終於能買到一盒。更重要的是，培洋君只要一個小時左右就會賣完，因此不在中午前就去排隊的話，是不可能買到速食炒麵的。

市區裡的餐飲區也幾乎都關閉了。在莫斯科市公所前，那個斜坡往下走，有間被稱為「Maaya（洞窟倉庫）」的餐飲區老店，但這裡的隊伍平均也要排三、四個小時。

失去速食炒麵，俄羅斯人是無法活下去的。對於當局展開「反速食炒麵促銷」，市井小民們也採取了自保的手段。

首先，醬汁和水煮用麵類從食品材料行中消失了。開始出現一種將麵條及市售醬汁隨意拌在一起，做成的假速食炒麵。一般的速食炒麵其實味道會淡一些，而這樣做出來的麵，卻有著挺粗糙的口味。醬汁的氣味會有些刺鼻，不過習慣了倒也還算美味。

醬汁從整個城鎮中消失了之後，接下來消聲匿跡的是蔥和美乃滋。因為這些東西也會用在速食炒麵上。在蔥及美乃滋消失之後，就連乾燥麵也不見蹤影。接下來連醬油和魚露也不見了。到這時候尚未對人體產生影響。

但在這些材料都消失了以後，俄羅斯人們終於開始用上不合理的手段。他們在街上麵店丟棄的垃圾當中搜刮麵類，把醬汁淋上去之後食用。甚至有人因此死亡。

譯者按：佐藤優，外交官兼作家、評論家。2006年出版的「自壊する帝国」（自我毀滅的帝國）是佐藤由各方面觀察蘇聯解體因素的紀實著書。

團鬼六

Oniroku Dan 小說家 日本 1931 ～ 2011

麵與蛇

打開那塑膠包裝，宛如解開那緊縛著速食炒麵的麻繩。打開蓋子，那被容器緊咬著的麵條，閃爍著宛如陶瓷一般的光輝露了臉。啪、啪地，就像在水壺那豐滿臀部上拍兩下那樣，點起了瓦斯爐的大火，執著地等著熱水燒開。承接了熱水的麵條，就像忍受著屈辱，卻又因久未獲得的自由感到愉悅，而跳著本能般的舞蹈漸漸腫脹。

身為掠食者的我們，將調味包倒進去、舔咂著舌頭觀賞麵條舞著發脹的姿態，等待三分鐘。在這之間，麵條會啪嘰、啪嘰地發出狂亂又歡樂的聲音。

將熱騰騰的樹液，從瀝水口倒向流理臺水槽，將那可以稱為是蛤蜊口味的醬汁淋上去，充分攪拌直到麵條呈現亮麗的漆黑色。就在它濕潤地差不多時，我們，就要，享用那花瓣。

譯者按：團鬼六，日本的小說家、編劇、電影製片、演員。以SM等情色小說聞名，代表作為『花と蛇』（花與蛇），曾多次改編為電影。

辻 仁成

Hitonari Tsuji 小說家、音樂家 日本 1959～

沸騰與瀝水之間

（一邊攪拌著麵與醬汁）「終於合為一體了呢」。

譯者按：辻仁成，小說家、音樂家、導演等。常年活動於法國巴黎。曾三次結婚，最後一次婚姻對象為女演員中山美穗，也於2014年結束。1989年以作家身分出道，曾獲頒芥川獎，作品在國內外都頗受好評。1999年出版的「冷静と情熱のあいだ Ble」與江國香織的「冷静と情熱のあいだ Rosso」為同一段故事的不同角色觀點。此作之後改編為電影「冷靜與熱情之間」。

只有速食炒麵，會讓我思考一輩子

我，Chikirin是不分領域的美食家！沒有什麼不能吃的東西！　世界上的料理不管是如何糟糕的東西我都會吃掉。也許正可以說是這樣，才打造了現在的我。

話雖如此，老是在外面吃飯，對身體不是很好，所以我也會在家煮飯，但實在是超麻煩的！　每當有這種念頭，我就會吃速食炒麵。這還滿好吃的喔。有一平、培洋君、U.F.O. 等等不同牌子。以下我就介紹各種速食炒麵！

首先要提的是U.F.O.。對於出身關西的我來說，這可以說是神明等級。我想發明瀝水口的，應該他們也是第一家吧。畢竟做出這東西的人，就是速食炒麵界的小林一三*！

培洋君最近太常開發新口味了。真希望他們能把香菜口味做的實在一些。那實在是讓人感受不到東南亞的攤販氣味。

Chikirin

部落客 日本 不詳

一平。光是看名字就覺得令人期待萬分。一平是個什麼樣的人呢？

所以囉，各位偶爾也吃吃速食不是也很好嗎？太過極端的話似乎會變成德國那樣，非常令人害怕。

不是那樣吧——！

譯者按：身分未公開的女性部落客、作家。部落格「Chikirinの日記」內容非常社會化。著作書名通常帶有「〜考えよう」（思考）、「〜考え方」（思考方式）。多部著書已有中文出版上市。

＊小林一三（1873〜1957），日本關西首屈一指的企業家，創辦了阪急電鐵、寶塚歌劇團、阪急百貨、東寶等（合稱阪急東寶集團，也就是目前的阪急阪神東寶集團）。

奶油濃湯的All Night 一平

有田：「唉呀～真是的。」
上田：「每個星期都這樣呢。」
有田：「這星期真的是非常糟糕呢。唉呀呀，我不小心回想起糟糕的回憶啦。」
上田：「什麼啦，趕快說啊。」
有田：「我們不是熊本出身的嗎。而且不是濟濟黌*1 橄欖球社嗎。大量運動完了之後，不是會非常餓嗎。」
上田：「是啊。那時候可是輕輕鬆鬆一天五餐左右呢。」
有田：「然後啊，我一回家就會先吃速食炒麵。」
上田：「喔，那還滿好吃的。」
有田：「然後啊，我隨便坐下就開始吃了嘛，結果我媽剛好回來，看到我的蛋蛋從褲子旁露了臉。」
上田：「唉呀，這的確是常有的事，很容易發生。」
有田：「結果我媽就說，哲平啊，膽丹跑出來囉。」

cream stew

搞笑藝人 日本 1991～

上田：「媽媽才不會那樣說話吧！（笑）她很普通的說了蛋蛋吧。」

有田：「哲平，丹丹跑出來囉。這樣。」

上田：「那更不可能吧！（笑）」

有田：「唉呀上田我跟你說，她說我的金爆*2跑出來了，害我慌慌張張的要遮起來。我媽還真是壞心眼，是故意要惹我不高興才這樣說的吧。」

上田：「嗯～會是那樣嗎。我媽倒是很會看場合說話呢。連我的A書都偷偷幫我收……」

有田：「奶油濃湯的All Night一平！」

上田：「讓我說完啊！」

譯者按：cream stew，由上田晋也與有田哲平兩人組成的搞笑團體、節目主持人。除了五、六個常態性節目擔任主持人及固定來賓以外，也有許多單次性工作。2005～2008年的固定廣播節目「くりぃむしちゅーのオールナイトニッポン」（奶油濃湯的All Night日本）為此團體的廣播節目。

＊1：兩人高中就讀熊本縣立濟濟黌高中，都進了橄欖球社，經常在社團裡逗大家開心，為兩人後來成為搞笑藝人團體的契機。

＊2：原文中是以變換日文睪丸的「金玉」念法做各種變形，最後則是「ゴールデンボンバー」（金爆樂團）。

羽田圭介

Keisuke Hada 小說家 日本 1985～

成功者Y

我取出調味包和醬汁，打開調味包的袋子，倒在麵上。能夠打開調味包的袋子，是由於我鍛鍊過手指的肌肉；能倒在麵上，則是由於我鍛練了上臂二頭肌。

將煮沸的水倒進容器當中，等待三分鐘。在等待的時刻，我出去慢跑了。以往會持續痛四天的下半身肌肉痠痛，現在也只要兩天以內就會恢復。

回到家裡，果不其然，麵條已經發脹了。雖然能夠切身體會到肌肉纖維的發達，但對於不會感到肌肉痠痛的狀態，卻也覺得是否毫無成長而不安。腦子裡僅是肌肉訓練的事情，管不了麵條那麼多。

當然，已經連應該要瀝掉的熱水都一點不剩了。因此，我拿起只裝有麵的容器，代替啞鈴，就這樣靜止了十分鐘左右。這是為了要鍛鍊我的手臂肌肉。結果雖然我沒能吃到速食炒麵，但從肌肉訓練起，有好幾個小時，都陷入肉體與精神活力高漲的感覺當中，因此毫無問題。

譯者按：羽田圭介，小說家。高中在學時發表了小說「黑冷水」，獲得第40屆文藝獎，為當時最年輕的獲獎者之一。大學畢業後曾進入一般公司工作，一年半後離職成為職業作家。多次獲得芥川獎提名，於２０１５年獲獎。２０１７年發表的「成功者Ｋ」內容描述Ｋ由於獲頒芥川獎，之後在各種媒體及節目上出現，生活變好也與多位女性維持關係。書中內容多處與作者本人重疊，是夾雜虛構與現實的長篇小說。

最短可3分鐘完成！速食炒麵訓練班

沉浸於長野的大自然中療癒身心，同時學習速食炒麵的製作方式
與同伴開心玩鬧地製作速食炒麵吧♪

◆超划算！三項快樂學習選單◆
第1天～第3天　打開蓋子、灑上調味料
第4天～第5天　加入熱水
第6天～第10天　等待三分鐘
第11天～第14天　瀝水、攪拌醬汁

可同時觀光！也可同享玩樂與美食！劇院設備完善！
帶著旅行之心洗滌心靈的同時，就做好速食炒麵囉★

單人折扣行程　日幣20萬5000圓（不含消費稅）

十津川警部 三分鐘後的醬料殺人事件

1

平成二十九年一二月七日一二時七分，於松本市內有速食拉麵遭不知名人士享用。但嫌疑人男性有享用速食炒麵的不在場證明。

2

十津川走到黑板前，將男人昨天的行動，依照時間順序寫在黑板上。

◎十二時三分左右　走到廚房
將水壺放在瓦斯爐上、點火
◎十二時五分左右　開始泡速食炒麵
倒入熱水等三分鐘
◎十二時九分左右　瀝水之後開始吃速食炒麵

男人似乎的確是石十二時三分左右開始燒熱水的沒錯。有證言指出，聽見了水壺沸騰的聲音。問題就在，男人是否能在十二時七分吃速食拉麵。如果十二時九分左右速食炒麵就泡好了，那麼時間就只差了兩分鐘。男人的不在場證明就會成立。

3

十津川試著自己動手泡了速食炒麵。打開蓋子、拿出醬料的小包裝、把熱水倒進去。這樣也匆匆過了一分鐘。從這時起到完成，會花費三分鐘。十津川確認了時鐘，然後瀝水。淋上醬汁，吃了起來。

「這是怎麼回事？」

十津川放進口中的麵條，還有些僵硬。他重新確認了包裝上的文字。而上頭寫著「熱水泡五分鐘」。

「原來如此，速食炒麵也有得要泡五分鐘的啊。」十津川微笑著。如此一來那個男人的不在場證明便不存在了。

譯者按：西村京太郎，日本推理小說作家。曾擔任過公務員、私家偵探以及警衛等，為其寫作的基礎。由於他的小說經常會出現交通工具及觀光聖地，因此被稱為「旅情推理」。也經常使用火車時刻表詭計。作品數量最多且有名的是「十津川警部系列」，是東京都警視廳搜查一課的十津川警部到處調查案件的故事。

上班族瀝水專科

總務課的佐藤正走上辦公室樓梯。而經理鈴木正從上面走下來。兩人完全沒有對上眼，但錯身而過的瞬間，佐藤卻在鈴木耳邊悄悄說了句話。

佐藤：業務的田中變成常務派了。

鈴木：什麼!?

鈴木轉過身來。佐藤對於鈴木的聲音絲毫不做出反應，默默的離開了。

＊＊＊

辦公室的茶水間。佐藤正在泡速食炒麵。打開蓋子、拿出醬料的小袋子、將熱水倒了進去。

此時鈴木也拿了速食炒麵來，在他旁邊泡了起來。

鈴木：（偷瞄著佐藤）這是怎麼回事。田中應該是部長派的啊。

佐藤：不要轉過來。要是被其他派閥的人發現我們交談就糟了。

兩人各自看著自己的容器，小聲的說話。

佐藤：（一邊瀝水）似乎是高橋建設那件事情被攏絡了。

鈴木：（一邊瀝水）原來如此啊。這很像是常務派的手段。

佐藤：不知道哪裡會有竊聽器。這件事情言盡於此。

鈴木：這樣就夠了。來，這是謝禮。

鈴木將美乃滋的小袋子放進佐藤胸前的口袋。鈴木呵呵地笑出聲，拿出了小袋子。

鈴木：（一邊攪拌著醬汁與美乃滋）總有一天這間公司也會……這樣的話……

蛭子能收

Yoshikazu Ebisu 漫畫家 日本 1947～

不要嘲笑一個人吃麵

欸嘿嘿。要不要來泡個速食炒麵啊。首先，應該是怎樣，是要把速食炒麵的包裝拿掉對吧？嘿嘿。這個，還挺難的呢。這個啊，製造商不能、那個，再多下點功夫嗎，很不親切耶。嘿嘿嘿。接下來，打開蓋子、然後把調味包跟醬汁拿出來嗎？我啊，說老實話，還挺討厭速食炒麵的。我只想吃蛋包飯啊。所以囉，其實我是沒有興趣啦。欸嘿嘿。畢竟是工作所以我還是會做啦。那，接下來是要倒熱水進去囉。啊，好燙！很燙唷！真不想拿著。有沒有人可以幫我拿著它啊。欸嘿嘿。大家知道熱水澡的水其實一點都不熱嗎？但是有那種業餘的人啊，會模仿人家用真正的熱水去泡澡，結果就全身燙傷了。大家要小心一點喔。欸嘿嘿。那麼，接下來是瀝水、然後拌上醬汁、灑上海苔粉之後就可以吃了嗎？我是沒有要吃啦。這可以丟掉嗎？畢竟它是速食食品。欸嘿嘿。——強制切進廣告——

譯者按：蛭子能收，漫畫家、插畫家、藝人、演員、電影導演。2014年出版散文集「ひとりぼっちを笑うな」（不要嘲笑一個人孤單，中譯本為「離群的勇氣」），內容是以作者個人經歷寫出內向之人的幸福。為蛭子最賣座的書籍。

速食炒麵是控股公司

【股價】
170.0日圓
（每股）

【股票特性】
即食麵，速食食品中的大家。強項是只要三分鐘就能吃到正統的炒麵。也非常適合作為宵夜，會穩定成長的股票。

【股價預想】
倒進熱水後，等待一些時間後美味度會向右上爬升。預計將有短期上揚。

【風險資訊】
必須留心遺忘放入調味料、瀝水失敗等。

坪內祐三×福田和也

速食炒麵被放逐，這就行了！

這兩位被文壇放逐的人，平常都是遊走老店的。這次就換個口味，一邊吃速食炒麵一邊對談吧。將熱水倒進容器之後，兩人便開始談了起來。

坪內：上野有很不錯的炒麵店喔。不過已經倒店了就是。

福田：你是說「辰屋」對吧。我以前也很常去。

坪內：有傳聞說，劇作家加藤道夫也很常去喔。老頭子做的祖傳醬汁真的非常美味……那到底是怎麼做出來的呢？

福田：但也有傳聞說那只是市售的伍斯特醬。

坪內：咦，真的嗎？我覺得味道不太一樣啊。

福田：這個速食炒麵，只要熱水加進去三分鐘就能做好囉。

坪內：真是厲害啊。以前可沒有這種東西呢。要吃炒麵的話，就真的得要用炒的才行。只有去店家才能吃到呢。

福田：林芙美子的『浮雲』當中，有在中華料理店吃炒麵的場景。

坪內：高見順有本『何種星星之下』是我寫的解說，那裡面也有。現在的年輕孩子如果聽到「炒麵」，該不會腦中浮現的就是速食炒麵吧。

福田：說到這個我才想起來，現在的年輕人，他們似乎不知道，大家都買成衣是非常晚近的事情呢。

坪內：以前可是要自己縫製的呢。雜誌上會有附版型。我在孩提時代還有見過喔。那時候去百貨公司買成衣，可是非常奢侈的事情呢。

福田：這麼說來，現代人已經不太用自己的雙手創作東西了呢。不管是服裝，還是這個速食炒麵。

坪內：雖然這也不該由我們來說嘴啦（笑）。差不多也過了三分鐘了吧？

被文壇放逐的人就算談起速食炒麵來也是沒完沒了。這就行了，下週再會！

譯者按：坪內祐三，出身家境良好，以評論及著作為生之人。福田和也，原為法國文學研究者，後轉為文藝評論家。兩人皆以言論辛辣著稱。兩人在週刊上的對談連載內容無所不包，之後集結為單行本「暴論・これでいいのだ！」（暴言，這就行了！）出版。

EXILE HIRO

Hiroyuki Igarashi 音樂人 日本 1969～

YUGIRI

一開始說要增加 EXILE 成員的時候，與其說是被否定，大家給我的反應比較像是「聽不懂你在說什麼」，我記得非常清楚。那個時候，我只是拼命的思考，要如何才能夠讓 EXILE 繼續閃耀光輝下去。

最近我會和成員們一起泡速食炒麵。這是毫不起眼、普通的速食產品。把調味料倒進去、瀝水、拌上醬汁。就只是這樣，就能夠做出真的非常好吃的炒麵。我不會焦急地做出還不到三分鐘就瀝水這種傻事。就算自己已經不再上台表演，我也非常留意這種事情不能出錯。

欸，那件事情就先放一邊。

和成員們一起泡著速食炒麵，看著他們不需要有人提醒，很自然地就去瀝水，我非常明確的感受到，那個決定是成功的。

速食炒麵的可能性是無限大的。我希望我們自己也像那倒入熱水之後，就會逐漸變軟的麵條一樣，是個持續產生化學反應的團體。

譯者按：EXILE，男性表演團體。HIRO，本名五十嵐廣行，是音樂家也是企業家。音樂之路起起伏伏，２００２年時由ＥＸＩＬＥ當時的六位成員一起出錢，成立了事務所，由HIRO擔任社長。２００３年合併另一模特兒事務所，設立「株式會社ＬＤＨ」。目前有許多分公司，旗下也有許多藝人。HIRO於２０１４年正式退居幕後。曾出版著書「ビビリー（bibiri）」為散文集，內容為他的人生哲學。

湯音

有時候，我覺得速食炒麵就像是樂器一樣。

劈哩啪啦撕開的蓋子。咕嘟咕嘟吐出熱水的瀝水孔。砰地一聲發出聲響的流理臺。我現在，正在演奏一個名為速食炒麵的樂器。豎起耳朵聆聽，欣賞那在廚房演奏出的音樂。蒸氣輕撫過臉龐讓人精神舒暢。

拌好醬汁，最後再淋上美乃滋。就只要這樣，雖然可能只差一點點，但我想，速食炒麵會變得更加美味。這名為美乃滋的翅膀，能夠幫我把速食炒麵帶到更加遠的遠方去。我是如此深信的。

幾分鐘後，速食炒麵的空殼翻落在房間的垃圾桶當中。實在是太美味了。我完全沉迷於速食炒麵當中，一心一意的只想著吃它。而在不知不覺之間，我發現先前懷抱的小小願望已經實現了。

我非常飽足。就好像在做夢一樣。不，也許我真的是在做夢。

譯者按：ATSUSHI，本名佐藤篤志，為EXILE的主唱。也曾以個人名義發售CD。2013年發售著作《天音。》為其自傳風的散文集。

機械翻譯

machine translation

好的杯子炒過的超面
為了這個的方法

1. 我將，虛線的一部份，把包裝拉開掉。
2. 醬汁，你必須將袋子取回。
3. 我將水倒進水壺當中，讓你沸騰。
4. 另外最後將麵與熱水放進容器當中。
5. 我期待著三分鐘。
6. 我將熱水倒掉。
7. 然後完成的是我將醬汁拌在一起假如的話嗎。
8. 如果你喜歡的話，就隨個人喜好穿上美乃滋。

（日文→英文→日文→中文）

樋口一葉

Ichiyo Higuchi 小說家 日本 1872 ~ 1896

湯梅竹馬

一

將自來水裝入茶壺、於廚房點起火、撕破那方方正正的包裝，將調味料及醬油的袋子取出、放在一旁，聽見那宛如孩童出生一啼般高分貝的聲響後，就只需如流水淙淙將熱水注入。

二

五分已過，將熱水咕嘟咕嘟地傾洩而下瀝乾，使先前排除在旁的醬油與其交會融合，恍惚間便已完成。

三

若灑上海苔粉更有美味之感。為了不讓那粗人父親與小鬼頭兄弟們吵起架來，實在該不吝嗇地照人數分配享用為是。攪著麵的婆婆思及此，夜不成眠。

譯者按：樋口一葉，明治初期的女性小說家。作品文風較仿古，多為感性描述在父權專制社會中的日本婦女，為生活而吃盡苦頭的主題。另外加上自己的親身經歷與批判等。代表作為「たけくらべ」（青梅竹馬）。

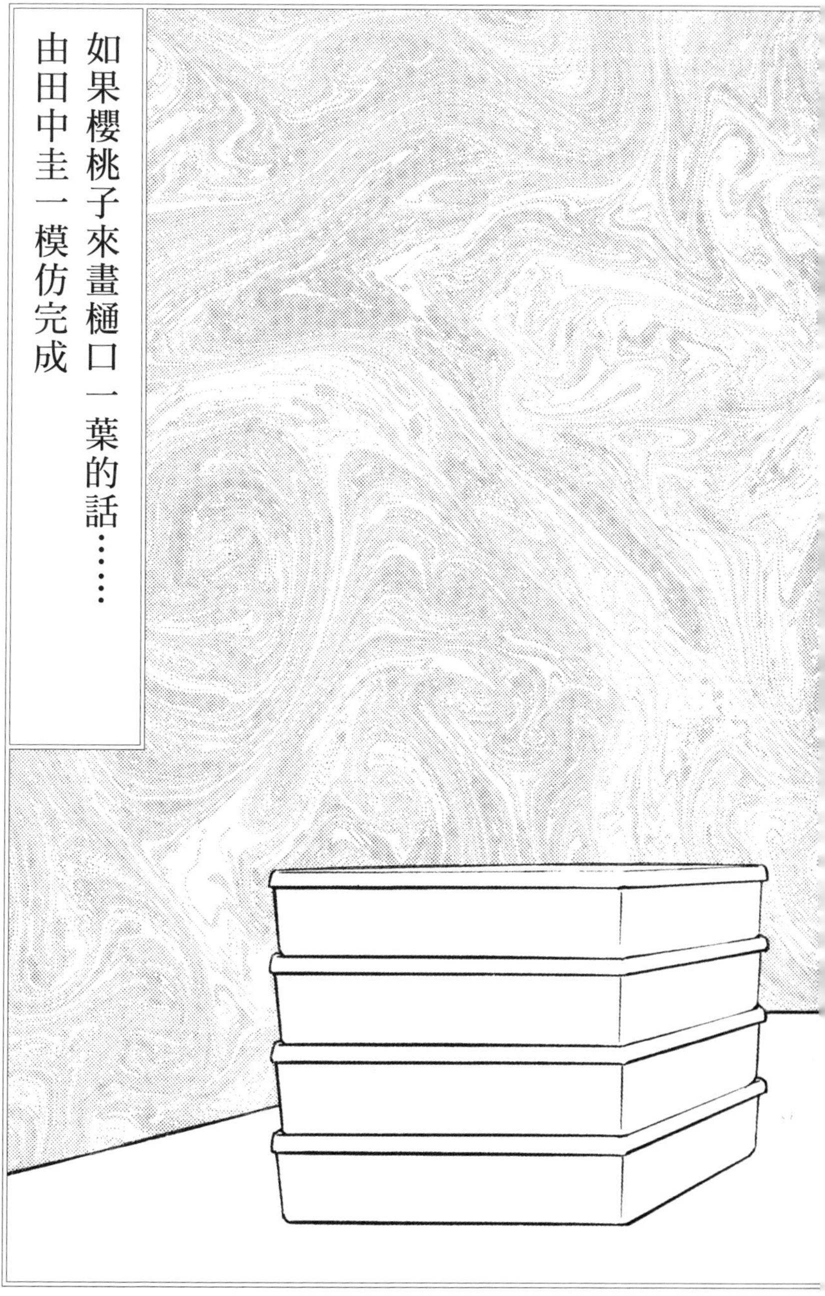
如果櫻桃子來畫樋口一葉的話……
由田中圭一模仿完成

黛比獨自用餐　瀝水與海苔粉

各位　都好嗎。

前些日子，我到一樓的廚房去
卻有並不該
出現在我家的速食炒麵。

這是怎麼一回事！我的
工作人員，擅自買了與我喜愛品牌
不同種類的東西！

幾小時後，我又去了廚房……
沒想到，怎麼會又多了一個！！
這次又是哪個品牌……

Dewi Sukarno

藝人 日本 1940～

難道其它的速食炒麵其實也
想被我享用嗎。

於是，到了晚上　我走向廚房……
這次居然　連只在鄉下地方販賣的品牌都出現了（笑）
速食炒麵三重奏成團！！
一不小心就配合了工作人員的惡作劇，
真是抱歉哪。

※當然全部都美味萬分的享用了。

譯者按：黛比夫人，本名根本七保子，年輕時為生活在帝國飯店擔任藝妓，卻被訪日的印尼總統蘇卡諾看上，因而成為印尼總統的妻子。由於蘇卡諾親共等問題，印尼於１９６５年發生軍事政變，黛比夫人被蘇卡諾以安全名義送出國，隨後於１９６７年，蘇卡諾下台遭監禁。黛比夫人也在１９７０年蘇卡諾病逝後回到日本。目前為藝人，並使用部落格「デヴィの独り言　独断と偏見」（黛比的自言自語　獨斷與偏見）發表其思想。

中上健次

調味灘

有碗速食炒麵在那兒。「要泡嗎？」男人開了口。

「我並不是那麼常泡速食炒麵的呢。」女人說。

「再怎麼說也不過是速食炒麵而已，做得來吧。」男人言道。

容器就在廚房的砧板上。男人站在那容器前。地板嘎吱作響。他向包裝伸出了手，一把撕開。打開蓋子，取出調味包之後，又拿出了醬料包裝。那包裝有著宛如血般黑暗的顏色。

砧板旁就是水槽。男人擰開了水龍頭，將水注入水壺當中，然後點了火。自從上一次泡速食炒麵以後，就沒這麼做過。雖然想不起來上次是何時泡的，但在男人的記憶當中，有著黑漆漆的速食炒麵隨風搖擺的樣子。水龍頭的水滴閃爍著光芒。

猛地腦海裡浮現了一首歌。

瀝水啊瀝水　二分三分
時間一過瀝了就　綿綿流下

Kenji Nakagami

小說家 日本 1946～1992

到廚房　有何用
瀝麵湯啊　已瀝好

日頭直射著。過了三分鐘。

在水槽上瀝水。光芒反射波光粼粼。熱水的輪廓清晰可見。沒有任何曖昧不明的東西。

將醬汁拌進麵裡，灑上了海苔粉。在充滿濕氣的家中，男人吸啜著麵條。就只是啜著它。這是個放晴卻奇特的午後。醬汁的味道非常濃厚。

「你吸麵的樣子，真讓人覺得看起來非常美味呢。」女人說。

女人就站在男人背後。他回頭看著女人。女人面帶笑容看著自己。

那笑容令人非常不舒服。

譯者按：日本第一位在戰後獲得芥川獎的小說家。獲獎的是他第一本長篇著作為「枯木灘」，為短篇「岬」的續篇故事。

CUP LOVE

進了房間，老頭子馬上對著小步說：「打開來讓我看看。」

『嗯。』

小步霹靂啪啦地撕開了速食炒麵的包裝，打開了蓋子。

「真漂亮呢！ 讓我再多看一些！」

老頭子興奮地將臉靠向容器。

「似乎還沒變濕呢？」

『才正要開始啊。』

小步將水壺傾斜著，發出了咕嘟、咕嘟……的聲響，逐漸弄濕了麵條。

「我忍不住啦！」

老頭子想一把抓住容器。

『啊！』

小步反射性地擋下了老頭子的手。

『還不行哪……』

Yoshi

小說家 日本 出生年分不明

不到三分鐘是不能吃的。

＊＊＊

才將容器傾斜，液體便沿著水槽邊緩緩流出。那微微帶些白色而混濁又熱燙的液體。

『啊……來了！』

所有的熱水都倒乾了。

「這量還真是多呢，小步。」

每次瀝水，老頭子都非常開心。

「這很好吃喔，小步。」

小步是17歲的女高中生。每次花三分鐘泡一碗速食炒麵。

譯者按：Yoshi是手機小說作家，被譽為手機小說之父。代表作是「Deep Love」。

諸葛孔明

Shokatsu Komei 軍師 中國 生卒年不明

三分志

孔明的部下（以下簡稱部下）：「事已至此，何不佯稱降伏於魏，送一些加進毒物的速食炒麵過去，您意下如何呢？」

孔明：「給我閉嘴！動這點小手腳，司馬懿馬上就能看穿的。」

部下：「但、但在下覺得已經只剩下這個法子了……。」

孔明：「給我閉嘴！嗯、不，等等。雖說短期看來很可能是失敗的，不過長遠看去也許可以算是成功。說到底，速食炒麵本身，對身體並不好。如果安排讓司馬懿定期吃下去的話，那麼也能縮短他的壽命。」

部下：「還請列入考量。」

孔明：「給我閉嘴！這件事情吾可自行決定。」

司馬懿的部下：「蜀國送來了熱騰騰的速食炒麵。」

司馬懿：「唔唔唔，先別打開。這肯定是孔明的計謀。」

東京好炒麵、能上壘的炒麵

速食炒麵　★☆☆

速食炒麵很難說是適合約會，但的確是非常方便。

再怎麼說，法國料理要把整套餐點都上完就要花幾十分鐘，速食炒麵的話，只要三分鐘就能吃了。（咦？這不用說你也知道？）。不會因為要選紅酒而感到緊張、也不必擔心餐桌禮節有沒有做錯，最重要的是不需要擔心錢包裡的錢夠不夠。雖然完全沒有什麼情色的氣氛，但在成本上可是非常傑出的。

如果每次都帶女孩子去高級店家，不但會覺得全身緊繃，連打什麼主意都被看得一清二楚。不過，忽然就說要吃泡麵，大概會被白眼，但如果在第3次左右的約會提出要吃速食炒麵，就能夠表現出適當的「鬆懈」與反差。吃完之後，如果能用手指為女孩兒擦去唇邊的海苔粉，那麼你就會獲得加分，她的防衛心也一定會降低。如果覺得有些困擾的時候，不妨試試這個方法。

譯者按：HOICHOI PRODUCTIONS INC.是一個創作者集團。在泡沫時代前後引領不少潮流。1981年開始於小學館的雜誌上連載四格漫畫「気まぐれコンセプト」（隨意概念），內容為廣告業界生態，目前仍持續連載中。曾發行多本單行本、參與電視節目、電影企劃等。單行本「東京いい店やれる店」（東京好店、能上壘的店）是寫給男性的女性追求指南書，同時包含適合用來追求女性的店家資訊。

坂上之麵

那非常小的速食炒麵廠商，逐漸邁向了開花期。

那個國家是個列島，當中有一個島名為四國。四國區分為讚岐、阿波、土佐及伊予。而那間廠商就在阿波。

阿波的德島製粉所製作的阿金炒麵，現在雖然已經是全國知名的商品，但從前就連在四國，它也是給人印象非常不好的無名炒麵。

這個故事的主角，並不是速食炒麵，也許可以說是這個廣大的日本吧。無論如何，我的目的只是想告訴大家，在速食炒麵如雨後春筍林立的戰國時代裡，也就是在明治維新的混沌當中，有個建立了一整個時代的速食炒麵。

在那之前，要不要，就先吃一碗速食炒麵呢。先打開容器的蓋子、拿出醬汁和調味包。把調味料灑在麵上，將沸騰的熱水倒進容器當中。等三分鐘。此時，與這個故

Ryotaro Shiba

小說家 日本 1923～1996

事深切相關的俳人正岡子規，應該能詠頌一句俳句吧。正岡子規在明治28年，回到了他的故鄉，也就是伊予的松山，然後吟詠了這個句子。

春！此處昔為十五萬石城下矣

現在正等著速食炒麵泡好的狀況下，如果要唱頌一句的話，會是什麼樣的句子呢？

待速食炒麵泡開時光荏苒

想來，便是這樣的句子吧。

譯者按：司馬遼太郎為日本的歷史小說家。曾獲頒直木獎、菊池寬獎等多項大獎。代表作「宛如飛翔」、「龍馬行」等皆有中文譯本。「坂上之雲」是日本在明治維新成功之後逐漸邁向近代化國家，一直到日俄戰爭為止的明治時代日本。曾改編為連續劇。

炒麵・霍爾

一男一女在電影院裡。他們排在長長的隊伍當中，等候電影上映。女人頂著面無表情的臉龐；男人則有些神經質般的煩煩躁躁。

男：究竟隊伍何時才會開始移動呢？這實在令人難以忍受。

女：就忍一下吧？很快就會動了吧。

男：不，一定是因為我是猶太人，才會這樣讓我等。

女：沒有那回事。

男：這個廳院的負責人是不是社會主義人士？冗長的隊伍帶著鄉愁啊。又或者，他是那種讓他人等待就會十分興奮的性錯亂者呢。

女：別這樣。你總是這麼神經質。「瀝水問題」那時候也……。

男：等等。這不是能在公眾面前談論的話題吧。

女：不。只不過是弄錯了瀝水的時間，你就那樣大驚小怪的……。

男：這不是理所當然嗎。因為，包裝上寫著「3分鐘」啊！寫在說明上的東西是絕對要遵守的，你在文學理論的課程當中也有學過吧。

女：你還真是會看自己方便才那樣說呢。你不是喜歡讀羅蘭．巴特嗎？放調味料、加熱水、瀝水、攪拌醬汁……的確說明書是那樣寫的，但那並不是絕對吧。

男：（忽然轉向讀者）她在還沒有3分鐘的時候就瀝水了！你認為如何呢？

女：要什麼時候瀝水是我的自由。

男：不。開發者可是測量出了能讓麵變成最好吃的時間啊。

女：這也是有個人喜好差異的吧。

男：我明白了。那麼，馬素．麥克魯漢*就在那兒，我們問問他的意見吧。

麥克魯漢：我也覺得都無所謂。

女：看吧，他也是這樣說的。

男：這樣無法解決問題！

譯者按：伍迪．艾倫，美國知名導演、編劇、演員。最知名的影片之一「安妮霍爾」是一齣浪漫愛情喜劇。

＊馬素．麥克魯漢為加拿大著名哲學家，是現代傳播理論的奠基者。

堀 辰雄

Tatsuo Hori 小說家 1904 ～ 1953

三分起

Le eau seé bullition, il faut tenter de vivre.*

PAUL YUGIRY

※

到了十一月，熱水壺忽地咻咻作響，發出有些性感的聲音。水漸漸地沸騰起來。我將熱水倒進速食炒麵之後，靠在牆上讀起了里爾克的「安魂曲」。就這樣過了三分鐘，我朝著水槽瀝水，毛玻璃昇起了一層霧氣。

打開蓋子，那變得柔軟的麵條宛如小山丘般疊在一起。據說從很久以前，這就被稱為幸福之谷。但淋上醬汁之後，黃色的麵條就變得漆黑，讓我想到了完全相反的山谷命名。

死亡陰影之谷。

譯者按：堀辰雄，日本近代文學作家。「風起」為堀辰雄的代表作。他與未婚妻矢野綾子一起在高原療養院養病，當年綾子即因肺結核過世。之後堀辰雄以綾子的愛與死為主題，寫下了風起。文中大量描寫風景為其特色之一。曾多次改編電影及連續劇等。又宮崎駿動畫「風起」與本作並無太大關係。

*原文為保羅．瓦勒希〈海濱墓園〉的詩句，此處被改為：「水滾了，總得試著活下去。」。

小泉今日子

Kyoko Koizumi 歌手、演員 日本 1966～

黃色的包裝　黑色的麵

那時我還住在原宿的黃色公寓裡，當時我十八歲。公寓就從澀谷沿著明治通往新宿的方向，過了左手邊的 Laforet 原宿之後，再過了巴黎法國大樓、還有東鄉神社，就從那間叫做爪哇猿人的俱樂部旁邊進去，走到底就是了。

半夜裡覺得餓的時候，身為一個未成年人實在沒辦法去什麼地方吃個東西，雖然爪哇猿人就在巷口而已，但未成年的我實在提不起勇氣一個人進去……。

這種時候能夠大為活躍的，就是「速食炒麵」了。打開杯蓋、拿出醬料包、把調味料放進去。倒進煮好的水、等待三分鐘。瀝水之後將醬汁淋上去，拌好就完成了！原本我是不太吃垃圾食物的，但不知為何就是非常喜歡速食炒麵呢。偶像居然在半夜裡吃速食炒麵，聽起來很可笑吧。但是，雖然我也吃過不少美味的食物，偶爾就是會想吃垃圾食物呢。這也是我對於原宿的回憶之一。

譯者按：小泉今日子，年輕時為偶像歌手，後來將重心放在戲劇方面，演出大量連續劇及電影。出版多本散文集，「黄色いマンション　黒い猫」（黃色公寓　黑色的貓）搭配和田誠的插圖，獲得第33屆講談社散文獎。

砂上的海苔粉群

他讓眼前浮現出那接下來應該要享用的，速食炒麵的容器。調味料稀少、麵比預想中的還要堅硬、需要用力咀嚼的速食炒麵。宛如下垂眼廉般的蓋子上，那瀝水用的孔洞，清晰地展現自己的存在感。速食炒麵有著令人稍稍提起興趣的外觀，以及魅力十足的口味。

那款速食炒麵，他還挺喜歡的。喜歡，與愛是兩回事。所謂愛，就是在這個世界上有一個自己的分身。也就是對於自我的顧慮，會變成兩倍。這雖然也是由於愛情的鮮明，但那令人煩悶的感情對他來說卻十分遙遠。

因此，對於這不經意進入他內面的速食炒麵所產生的感情，讓他感到不安。

在柏油路上緩緩地移動，他回想著去吃那碗速食炒麵的細節。

Junnosuke Yoshiyuki

小說家 日本 1924～1994

一個月前，他在紅燈區裡。店門前佇立的某位女人身上飄來了海苔粉的香氣，因此他進了那女人的房間。

將菸點上火，他緩緩的吐著菸，環視著房間內，就是此時，他看見了房裡堆成山的速食炒麵。而那時，他感受到自己心中的悸動。

譯者按：吉行淳之介，日本現代小說家。有純文學也有大眾文學著作，也擅長散文及對談。純文學多透過對男女關係的描寫，探索人生的存在、怠倦和喪失。代表作包含長篇「砂の上の植物群」（砂上的植物群）。

西野加奈

瀝水瀝水雙手顫抖

好想吃培洋君而渾身顫抖
越想你越是覺得遙遠
還有那想再吃一次的ＵＦＯ
就像那天一樣說出『我開動了』……

今天是紀念日
真是這樣的話，你會為我打開蓋子嗎
我一定會忘了調味包
而打算直接倒熱水下去吧

一直以來只說給我聽的話語及只給我的溫柔
還有那三分鐘的笑臉
也都只是等待時間嗎？

Kana Nishino

音樂人 日本 1989～

Baby I know
瀝水這種事情其實並不簡單
但就是必須要瀝水才行
熱水 are the one

指尖熱燙顫抖著
越是讓麵落下就越覺得長
終於恢復成原先麵的樣子
最後淋上的是 my sauce and seasoning
就算祈禱著想拌勻也無法見面
越是拌得用力就會越美味
讓我再聽一次吧，就算那是謊言
請像那天一樣說出『再來一碗』……

譯者按：西野加奈為日本女歌手。2019年1月分宣告停止活動。最具代表性的曲子為「会いたくて 会いたくて」，第一句歌詞為「会いたくて 会いたくて 震える」（想見你 想見你 全身顫抖）。

色川武大

Takehiro Irokawa 小說家 日本 1929 ～ 1989

反面菜單人生錄

有種叫做速食炒麵的東西對吧。剛上市的時候，是挺劃時代的發明，所以還真是被捧上天了呢。再怎麼說，只要熱水就能做出來了嘛。一開始可是爆炸性的熱賣呢。但是人類只要做著相同的事情，就一定會感覺厭煩。會想吃些更具刺激性的東西。

所以製作者這邊，也開始思考各種花招。會做出各種口味，比如說咖哩口味之類的、鹽味海鮮之類的、還有四川麻婆豆腐、巧克力口味呢。連自己動手加工的菜單都出現了。雖然可以做到某種程度就停手了，但畢竟不管是哪種刺激，只要一直反覆進行，還是會覺得膩，因此得要一直有新花招才行。而這當中由於吃的人會變得越來越不滿足，因此這簡直就像是刺激的挖東牆補西牆負債經營呢。

不過幸好，速食炒麵一直都還有改良的空間。畢竟製作步驟非常多。如果要說能夠再簡略化一點，就會讓人覺得，也不是不能簡化，這可是連我這種外行人都這麼覺得呢。

譯者按：色川武大，日本現代小說家。同時也是有名的麻將愛好者，另一個筆名阿佐田哲也的作品以麻將小說為主。以色川名義發表的作品為純文學，散文集「うらおもて人生録」（反面正面人生錄）內容則是色川的人生觀。

【衝擊】速食炒麵可輕鬆製作又美味蔚為話題

提到速食食品，腦中就很容易浮現泡麵，不過最近速食炒麵的美味也蔚為話題。

這種所謂速食炒麵的商品，竟然只需要把熱水倒進去，三分鐘後就能夠享用道地的炒麵。雖然還需要灑上調味料、和醬汁拌在一起這幾道功夫，但它的美味足以一掃方才的疲憊，因此民眾對其讚不絕口。

以下節錄推特上的反應。

「真的能做出炒麵耶！w就當成被騙，試一次就知道囉www」

「我還真的不知道……總是去買生麵的我的人生到底怎麼了……」

「這也太好吃了吧啊！！！」

您要不要也在這個週末試試呢？

譯者按：病毒媒體意指發佈特定訊息來吸引大眾注意的社群媒體，用意大多為行銷或散佈消息。在台灣以農場網站居多。

我不會瀝水

1

我不會瀝水。順帶一提也不會計算時間。但是，我覺得就算不會也無所謂。這個世界上有更重要的事情啊。

當我買速食炒麵的時候，一定會看看那間公司的老闆的臉。沒有一張「好臉」的人賣的速食炒麵，我是無法信任的。哼，因為自己是社長就一副偉大的嘴臉。不過你一定非常不受女人歡迎吧。我曾這樣喃喃自語好幾次。但是，有著「好臉」的社長所賣的速食炒麵，大致上都很好吃。

2

不管有多會讀書、在社會上的地位有多高，臉卻非常奇怪又不受女人歡迎的話，那還真是挺讓人覺得空虛。如果能夠見見社長，跟他說你一定不受女人歡迎對吧？那一定很痛快吧。

「你不選擇我們公司的速食炒麵對吧。」

「沒錯。」
「但是敝公司的速食炒麵針對材料的生產有所堅持、瀝水也非常輕鬆，搭配的美乃滋也大受好評唷。」
「但是，你不受女人歡迎對吧？」
社長滿臉通紅地無話可說。
「社長，你懂戀愛嗎？這比起爭著出人頭地還要愉快多了唷。」
我直盯著社長那啞口無言的表情。

3

和女孩子睡覺真的非常愉快。但是，這個世界上，有許多對於這種喜悅連一眼也看不到的人。這是多麼地不幸啊。我真心憐憫他們。

譯者按：山田詠美，日本女性小說家。作品內容經常與性、道德議題等相關。長篇小說「ぼくは勉強ができない」（我不會讀書）的主角為高中男性，成績不佳卻非常受女孩歡迎。

脫火力主義宣言

速食炒麵這種東西，就和軍隊沒有兩樣。有下指令的人（領導）、遵循指令的部下（製作物）。這樣便建構起命令系統。下指令的人，會告知部下有調味料、放調味料的順序，讓部下去把東西做出來，管理這一切事物。而這從頭到尾都沒有部下可以插手的餘地。如果打算放點紅薑進去的話，肯定會有難以忍受的刑罰等待著你。如果陷入這種情形當中，那麼最輕鬆的，就是停止思考了。

速食炒麵這種東西，也和教育機關一樣，將原創的材料放進去的時候，會著眼在能夠打造多少可以忍耐的旁觀者。這是一種訓練。緩慢地寫下回答的數學訓練。等到終於寫完，還想著已經跨越訓練，接下來卻是速食炒麵的資本主義洗禮在前方等待著。材料的差別就是貧富差異。牛肉、豬肉、雞肉、其他……。這次為了肉類，我們必須完成新的訓練才行。

我們能夠遠離那些下指令的人們嗎？就像過往的嬉皮自治區那樣。對於大多數的

Wataru Tsurumi

寫作者 日本 1964～

人來說，應該是非常困難吧。如果只是想稍微違逆一下，就會有毫不留情的瀝水失敗阻擋在前。麵會掉下去、或者熱水會回濺到我們的臉上。就這樣，我們只能再次，回到停止思考的速食炒麵生活。

目前還沒有正確解答。以結果來說，也只能等待個人清醒了吧。

譯者按：鶴見濟為日本作家，著作主題經常圍繞「生存痛苦」、「如何快樂生存」等主題。出道作為「完全自殺マニュアル」（完全自殺手冊），作者本人表示這本書的意義在於「知道隨時都可以死，就能覺得那可以再努力活一下看看」。另外，著作「脱資本主義宣言」（脫離資本主義宣言）內容則在講述資本主義的缺失。

綿矢莉莎

Risa Wataya 小說家 日本 1984～

欠踹的流理臺

速食炒麵就快泡好了。這短短的3分鐘，我覺得實在非常令人憐愛。因此我把這段時間稱為神之時間。這段時間當中，悲傷與喜悅就像是一對同住在一起的情侶，之後雖然分居，但各自發生了許多事情，學習了好一段人生之後，又回頭修復關係，就像是這樣，有種不可思議的、安心與不安感同時存在的感覺。真的非常強烈。

外面在下雨。速食炒麵我一定會在下雨的日子享用。如果放晴的話，就會出門去買材料來做菜、或者在外面吃，但下雨就辦不到了，因此就能夠吃速食食品。話雖如此，該說是我允許自己這麼做的。昏暗的室外。雨滴的聲音。微寒的空氣。閃爍的螢光燈。孤獨而熱鬧的電視。因為要瀝水，我走向了流理臺。就像是約定好了似地，流理臺一如往常發出咚！一聲，但它並不會把我的心帶去其他地方。我現在一心只想著速食炒麵。

譯者按：綿矢莉莎為日本女性小說家。19歲便以「蹴りたい背中」（欠踹的背影）獲得芥川獎，為芥川獎歷屆最年輕得主。

拉麵店的堅持

Declaration of ramen shop

此乃耗費精力製作之自豪產品

本店自豪之速食炒麵，每一道皆使用有所堅持而傑出的材料製作而成。

①新鮮熱水

本店使用之熱水，乃採用工匠製作的高級水壺、搭配100%國產的天然氣，並使用仔細過濾的自來水。加上真心將其煮沸。

②讓美味更加濃郁之等待時間

本店展現出對於等待的3分鐘時間也非常堅持一事。還請享受那濃郁深厚的時段。

③緩慢徹底的瀝水

為了能夠讓各位享用美味的速食炒麵，本店將一碗一碗竭盡心力的瀝水。如此一來，便能夠具備濃厚且優雅的美味。

喜歡鹽味超級愛

我的名字叫做速食炒麵U.F.O.當然並不是不明飛行物體只不過是速食炒麵而已是因為外型才這樣命名的事情當然是個玩笑，只不過是由於廣告經銷商的行銷策略大概是製造商被騙了吧這才是最有力的推測。

那種事情其實隨便啦，我在速食炒麵當中會拿下市占率冠軍這種事情幾乎就是我的命運這實在是有很大的壓力不過我已經決定拿下市占率冠軍的同時就要去買凱迪拉克。正因如此，我想現在就還是好好努力吧，要努力什麼呢？只不過是個速食炒麵的我自己應該什麼都辦不到吧，我只能被陳列在貨架上等待著消費者選擇我而已。

敵手非常多。一平培洋君ＢＡＧＯＯＯＯＮ俺之鹽御多福大阪燒醬炒麵仙台牛舌風味鹽味炒麵ＪＡＮＪＡＮ醬料炒麵。將這些全部放在桌上走進廚房，我將熱水煮沸。熱水煮好之後我將他們的蓋子全都打開，拿出所有醬料包和調味料包、其他內容物，恰當地、將要放回去的東西放回去，倒進熱水。３分鐘，我一邊哼著歌一邊等待

Otaro Maijo

小說家 日本 1973～

著緩緩的一個又一個拿去廚房仔細地瀝水。瀝水的節奏會逐漸變快。

我試吃了所有的敵手速食炒麵。放進嘴裡以舌頭品嘗嚥進喉頭通過食道進入胃裡，是我贏了。呃是說我是何時被擬人化了啊？

譯者按：舞城王太郎為日本的覆面作家（生平及經歷皆不明，也不於公開場合現身、沒有照片），文體特異。長篇小說「好き好き大好き超愛してる。」（喜歡喜歡最喜歡超愛你）為夾雜科幻小說的戀愛小說。

老人與麵

正午的太陽非常燙。船隻上頭，老人家萬分地疲憊。

「肚子也差不多該餓了呢，老頭子。」老人自言自語的說著。「來吃個帕索（譯註：西班牙文＝杯子）速食炒麵吧。」

老人家拿出帕索速食炒麵，將hervidor（譯註：西班牙文＝水壺）裡的熱水倒進去。接下來只要等待就行。老人感覺精疲力盡。

三分鐘而已，就忍一忍吧。之後就能慢慢將麵條放進肚裡了。不管有多急，反正那現在也是不能吃的。

沉靜了好一陣子，老人試著直起身來。脫口說出：「對你來說，這是個很糟糕的報應呢。」老人對著熱水說道：「要YUGIRI（譯註：日文＝瀝水）啊。」一邊將熱水倒進大海當中。

他真的非常不擅長瀝水。這是因為必須要將剛剛都還是友人的熱水給拋棄掉。而且，拋棄在海中其實是——雖然他通常是這樣做的——非常不成體統的。

老人開始細細碎碎地祈禱了起來。為了那流向海洋的熱水，他祈禱了十次『聖母瑪莉亞萬福』。

「喂，如何？狀況還行嗎？」他試著朝麵條搭話。炒麵已經做好了。他淋上醬汁拌勻。

他們彼此都在等著這般情景。來，開動吧。一條接著一條的將麵條吸下。嘿呀，可惡！聽好了，老頭子，現在就要吃掉。下次可不知道是什麼時候能吃呢，他心中想著。好，總之先擺平了肚子。

老人將身體交給整艘船，就這樣倒下。一邊用肌膚感受著海風，一邊用舌頭舔著牙齒確認有沒有沾到海苔粉。

吃炒麵，大概是一種罪過吧。就算是為了自己要享用，將熱水拋棄到海中這種事情，畢竟還是個罪過。老人胡思亂想著。

他一邊想著，一邊直直凝視著太陽。

譯者按：海明威為美國記者與作家，代表作為「老人與海」，內容改編自真實故事，劇情講述一名古巴老漁夫聖地牙哥與一條大馬林魚的纏鬥。

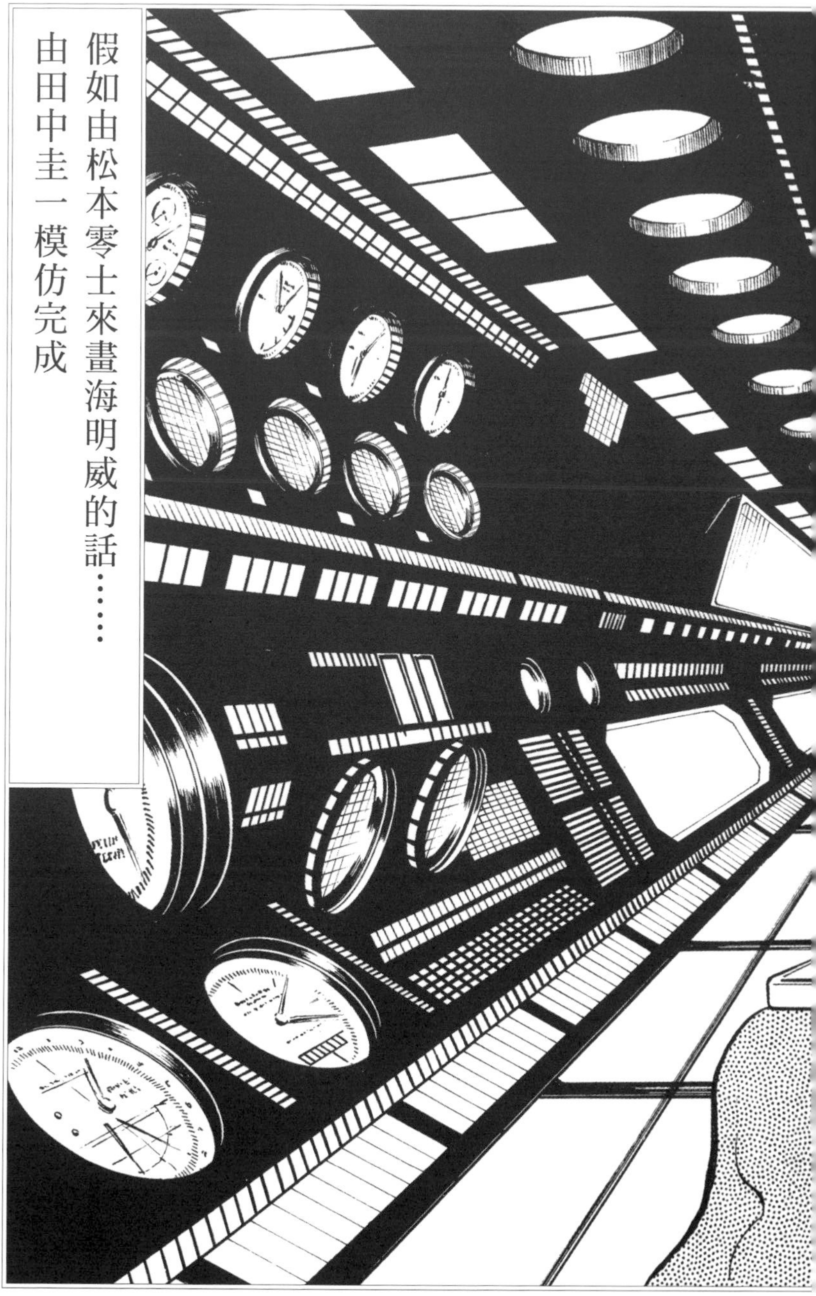
假如由松本零士來畫海明威的話……
由田中圭一模仿完成

永井荷風

Kafu Nagai 小說家 日本 1879 ～ 1959

熟麵綺譚

我幾乎未曾吃過盒裝熟麵。

探尋我那微弱的記憶，大概是在明治三十五年左右。我曾在神田錦町那雜貨舖的深處，發現了堆滿灰塵的不明飛行物體（U.F.O.），並且買下了它。我想，所謂的盒裝熟麵，恐怕就是那時節誕生的吧。在那之後過了四十多年，到了今天，當初被叫做熟麵的東西，似乎也已用了其他詞彙來取代，但畢竟還是第一次聽到的用詞講起來順口些，所以我在此依然使用已經成為死語的話語。

震災之後，來我家遊玩的一位青年作家，說是這樣太跟不上時代潮流，因此硬是把我帶到附近的便利商店去，還讓我買了氣勢十足、名為BAGOOOON的盒裝熟麵。據說口味十分受到好評、是目前流行的東西。

回到家之後，試著吃了，約莫就是像赤坂璃宮那兒的炒麵的廉價版貨色吧，不過我就說了，如果是這樣的話，去璃宮就好啦，那邊還比較好吃呢。

譯者按：永井荷風為日本近代小說家，除了純文學作品以外，散步紀行等文章也非常有名且重要，記錄了當時社會街區的樣貌。代表作有「濹東綺譚」、「斷腸亭日乘」等。

卡莉怪妞

Kyary Pamyu Pamyu 音樂人 日本 1993～

人家也會做速食炒麵！

大家好！我是先前做了炒麵，結果**瀝水超級大失敗**的卡莉怪妞。我把容器傾斜之後，麵就飛出去了啦～。但是我還是把它吃掉囉♥

先前我也常在電視上說，我最喜歡速食炒麵了。經常在半夜**唔喔——來吃吧——↑↑**然後把蓋子撕破丟掉（編註：請不要把蓋子撕破，要照著虛線打開。）

然後我也常犯一樣的錯，就是在倒熱水之前就不小心先把醬汁淋上去了。**結果味道變超淡**

大家也要多多小心喔。我今天也會吃的。先前雖然被媽媽說：「妳吃太多了。」但我完全不在意（嗯哼！）。

譯者按：卡莉怪妞原先為原宿系服裝模特兒，目前也是歌手。創造多種流行語，歌曲在日本以外地區也非常受歡迎。

麵與醬料的和諧

<part:number=01:title=Cup Yakisoba/>
<etml:lang=zh-tw>
<body>
我現在要說的故事是，
<theorem:number>
<i: 速食炒麵，必須要倒入熱水>
<ii: 倒入熱水後，必須等待3分鐘>
</theorem>
依照上述規則方能成立。容器當中擺放著固體麵條，
<list:item>
<i: 與調味包的小袋>

<i: 與醬料的小袋 >
</list>
必須要取出來。不這樣的話，
<hope>
就無法製作速食炒麵。
</hope>
人類即將要感到飽足。
</body>
</etml>

譯者按：伊藤計劃為日本現代科幻小說作家。在部落格上評論電影及電玩遊戲而知名，出道作「虐殺器官」曾改編為漫畫及動畫電影。長篇小說「和諧」為「虐殺器官」時間線上的後續故事，講述人類世界為了方便控管而在所有人體內植入晶片，最後一切達成『和諧』的故事。作者於撰寫第一部小說時便因病進出醫院，於病榻上完成兩部作品，第三部作品「屍者の帝国」（屍者的帝國，時間序在虐殺器官之前）只留下30張稿紙，後續由曾與其討論內容的圓城塔接寫完成。

速食炒麵大學海苔粉系畢業在即

「速食炒麵」是你對它做出一定貢獻，它就會提供你某種程度美味的商品。

打開蓋子之後有裝醬汁的小袋；
倒進熱水之後得要蓋上蓋子；
過了三分鐘之後瀝水；
把醬汁淋到麵上來吃。

只要遵循如此簡單的規則，就能夠享用美味的「速食炒麵」。

二十幾歲的我，無法融進社會所打造出來的各式各樣規則當中，也沒有打算要遵循。

或許這也發生在「速食炒麵」的製作過程上。那時候不管是要倒熱水、還是要瀝水，我都覺得「麻煩死了」。也不看說明書就隨手亂做，吃下做好的東西也不覺得「好吃」，並未好好品嘗、而是狼吞虎嚥地吃掉。

Masayasu Wakabayashi

搞笑藝人 日本 1978～

現在的我不一樣了。

因為我已經明白，只要明確表示我願意遵循規則，並且下點功夫找到自己的定位，就能夠過得十分快樂。

這樣一來，製作「速食炒麵」也變得十分快樂。

「加點美乃滋會更好吃呢」之類的；

「灑上海苔粉也很不錯」啦；

又或者「偶爾直接硬硬的吃也很好」；

也變得能夠享受製作過程了。如果是二十幾歲的我看見自己這種樣子，大概會用藐視的態度說：「居然為了那種小事感動」吧。現在的我，反而覺得那過往的自己「麻煩死了」。

大家要不要泡一碗速食炒麵，享受一下啊？

譯者按：若林正恭，為搞笑藝人「奧黛麗」的成員，負責吐槽，搭檔為春日俊彰。著有散文集「社会人大学人見知り学部　卒業見込」（社會人大學生怕生系　畢業在即）。

みうらじゅん

Jun Miura 插畫家、藝人 日本 1958～

速食炒麵精神衰弱

我現在仍拿著太過甜膩的調味包、以及感性風格的美乃滋。不管麵條因為醬汁而變得如何骯髒、又或者它們根本已經發脹，我仍然擁有自己理想中的速食炒麵。那理想的速食炒麵，正由我頭上45度角處凝視著我。然後它詢問我：「味道如何呢？」

我偶爾會試著強硬的說：「你這樣問我也沒有什麼用啊！　我已經不那麼窮了！」但理想中的速食炒麵，仍然只是默默地看望著我下一個動作。我真的想要做得好吃點啊。真的想要把我周遭所有的速食炒麵都做得好吃點啊。

其實也有人注意到，我對於理想中的速食炒麵有某種心結。理所當然地，對方會責備我說「這樣不像你」，聽了我那根本只是狡辯的解釋，對方也笑了。在那種夜晚，為了要打消理想中的速食炒麵，我會瘋狂的喝酒。就這樣，速食炒麵就是精神衰弱。

譯者按：本名三浦純的插畫家及藝人（漫畫家三浦純為另一人）。另外也兼音樂家、小說家、評論家等。隨筆「青春ノイローゼ」（青春精神衰弱）為自傳性散文集，另外也有發行同名CD。

林 信行

Nobi Hayashi 記者 日本 1967～

林信行的新型速食炒麵預想報告

新型的速食炒麵終於要發售了。目前的步驟，只剩下前一次型號採用的瀝水，執行之後便能完成，如此簡單的介面，就讓我們的生活型態驟然一變。以白色為基礎、優美且雅緻的外框設計，仿如現代雕刻家安尼施．卡普的作品；上面的虛線也非常具劃時代感。這次發售的型號，正是其正統且更加進化的款式。

這次讓我先行試用的感想，一句話來說就是『重新發明速食食品』吧。前一次的型號，魅力就在於先進性以及傳統共存的設計；而本次則將此方向更往前推進，加上了極具魄力、動力十足的纖細感。必須特別要提出的，就是那瀝水處之美，讓人只要看著熱水柔緩地流出的樣子，就連家裡的廚房都會宛如室町時代打造的日本庭園一般。

上一次的速食炒麵改變了用餐的概念。而重生後的新型速食炒麵，會帶給世界什麼樣的衝擊呢？只要想到這點，我便覺得興奮不已。

譯者按：林信行，為自由記者，專門採訪尖端科技、醫療、教育等方面題材，發表於個人部落格或資訊網站等。

事後放上率 IN齒──、又或世界

①好啦速食炒麵我也是會做的。拿掉蓋子、從容器裡，把醬料包、調味包、最後要淋上去的美乃滋包取出之後，先放在旁邊。這個速食炒麵 U.F.O. 是在超級市場泉水屋買的。不過那種事情大概是無所謂啦。

②然後啊，把調味包袋子打開放進容器裡吧。或者，是被放進去的呢。又或者，是放了下去呢。這麼做之後，將事先煮好已經沸騰的水倒進去。以腦子能夠思考的3分鐘這樣的時間，能夠證明的也就只有腦而已，說不定，其實是牙齒在思考的這也不無可能，我就等吧。

③瀝水呀嘿。這種東西。會有瀝水這樣的詞句，應該是從速食炒麵誕生的時候產生的吧。我可能因為做不好瀝水這件事情而感到煩躁不已。我一如以往的，走向流理臺……噢，似乎會有人說我這樣說是在佯裝風雅，所以我訂正一下好了，我走向水槽，把大量的麵倒進了進去。但是也許會有人喜歡這樣的我，有這種面向似乎也好。

Mieko Kawakami

小說家 日本 1976～

④慌張的將麵撿起來，遵守著3分鐘規則，裝作什麼事情也沒發生，我將醬汁噴進容器當中攪拌均勻。也許是腦子讓我這麼做的。也可能是牙齒讓我這麼做的。不管是哪個都好啦。只要能吃就行了。麵條沾到不多不少的醬料，最後再淋上美乃滋就完成了。那麼就準備筷子來吃吧。那會是什麼味道呢？應該就是炒麵的味道吧，對吧。

譯者按：川上未映子，日本女性小說家。出道作為「わたくし率 イン 歯ー、または世界」（自己率 IN齒ー、又或世界）。

中島 敦

Atsushi Nakajima 小說家 日本 1909 ~ 1942

三分記

李徵與人斷絕往來，獨自耽溺在料理當中。但是，美食並不容易完成，他對於自己的烹飪能力感到絕望。李徵的容貌日漸消瘦嶙峋，無法被滿足的食慾難以壓抑。終於，他發出了令人難以理解的叫聲，奔向便利商店而去。沒有人知道在那之後，李徵究竟變得如何。

陳郡的袁慘，奉敕命通過草地，竟然在草叢當中發現了一個遺落的空容器。並且，草叢中傳來了「馬上就能做好、馬上就能做好」的喃喃語聲。袁慘曾經聽過那個聲音。

「這個聲音，莫不是李徵嗎？什麼東西馬上就能做好？」

過了好一會兒，草叢中才傳來回應。

「是速食炒麵。加入熱水三分鐘之後瀝水，淋上醬汁就完成了。」

袁慘望向草叢當中，李徵過往那面貌嶙峋的跡象絲毫不再，他由於填飽肚子，而一臉幸福的樣子。

速食炒麵會使人發胖。李徵的打嗝聲在草叢當中響徹雲霄。

譯者按：中島敦為日本近代小說家。作品除了中國背景的「李陵」、「弟子」等，最著名的長篇「光と風と夢」（光與風與夢）內容為小說家史蒂文森晚年在薩摩亞的生活。出道作「山月記」改編自中國傳說故事「人虎傳」，內容講述儒生李徵由於考場失意，最終變成老虎的故事。

所謂男人啊…

123：匿名（埼玉縣）
男人啊，為什麼馬上就會看向胸部啊？
先前在公司的茶水間泡速食炒麵的時候，我倒了熱水，想說等三分鐘要瀝水，才往前彎腰而已，晚輩男性就直盯著我的乳溝看……。
你要這麼猛看的話，會讓人覺得你也把你的露出來讓我看看啊！　應該說，我也想看啊！

124：匿名（德島縣）
面對流理臺往前彎腰，到底是從哪裡可以看到乳溝啊。

125：匿名（北海道）
老頭子真有精神。快點去睡覺啦。

終極速食炒麵（瀨戶內篇）

今天有非常重要的集會。我帶著富井副部長，前去接待客戶。就在離東西新聞社不遠、位於赤坂的料亭當中，預定要吃速食炒麵。對方對於料理也是十分講究。希望富井副部長別做些多餘的事就好。

接待活動開始了。提出要幫活動開場的，果然是富井副部長。希望事情不要演變成最糟的狀況。才正這麼想著，果然就出了事。不知為何他竟然做了最不應該做的事情，把調味包的料給灑在麵的表面了。調味包的內容物必須鋪在麵的下方是個常識啊。客戶的眼神閃爍了一下，然後緩緩地說了：「這件事情就當我們沒提過吧。」

我焦急萬分，要是就這樣讓情報來源走了，我想這篇報導就再也無法寫成，看來只好賭一把了。

「將調味料放在表面上，您就展現出這樣的態度，想必是曾經吃過非常美味、終極的速食炒麵吧。我想讓各位吃吃某種速食炒麵。希望各位就當成是被我們騙一次也好，我一定會讓各位吃到真正正統的速食炒麵的。」

Shiro Yamaoka

新聞記者 日本 不詳

過了幾天，我們搭飛機前往香川縣。我不使用熱水，而是用高湯來泡速食炒麵。

「速食炒麵的本質不就是要讓麵條泡回原來的樣子嗎？使用瀨戶內海捕到的豐富漁產所熬煮的美味湯頭，泡出來的速食炒麵是最棒的了。因此，調味包根本不值得一提，不過是前戲而已。欸，氣度比這容器還小的你們可能不懂啦。」

客戶的傲氣大為動搖，終於還是被說動了。那時富井副部長一臉如我所料的表情，實在令人難以忘懷。

譯者按：山岡士郎為長篇美食漫畫「美味大挑戰」（已出版至111集，連載休刊中）的主角。工作是東西新聞「究極菜單」的美食記者。

海原雄山

Yuzan Kaibara 藝術家 日本 不詳

最高級的速食炒麵

雄山：「把做這碗速食炒麵的人叫過來！」

這是在都內某處的高級料亭。這裡最有名的，其實是沒有放在菜單上的速食炒麵。這是由店家自行烹煮的速食炒麵，上頭灑的配料、以及用來搭配的材料等等，都是店家原創的手法，在文化圈當中評價非常高。但雄山卻露出了十分嚴峻的表情。

雄山：「每項配料分開來也許都非常新鮮美味，但並不是全都放進去就行！每項食材分開吃當然是很美味，但全部放在一起就互相扼殺，成了非常差勁的味道。這種東西能吃嗎！全部給我拿下去！」

廚師：「非、非常抱歉……。」

士郎：「貶低人的時候倒是非常有氣勢嘛。」

雄山：「士、士郎……。」

士郎：「下次的終極VS最高級，就用速食炒麵當主題如何？」

雄山：「也好，我就看看你這種不長進的傢伙能做出什麼樣的速食炒麵吧，哈哈哈！」

譯者按：海原雄山為長篇美食漫畫「美味大挑戰」中的角色。以陶藝為中心，同時也精通書道、繪畫等的大藝術家，為美食俱樂部的負責人。是前頁山岡士郎的親生父親，在漫畫中是與士郎對立的角色。

阿爾弗雷德・貝斯特

Alfred Bester 小說家 美國 1913 ～ 1987

炒麵啊！炒麵！

男人在極度強烈的空腹感下醒來。他的腹部當中空無一物，發出了全副心神被食慾奪走的嗚咽聲。他奔向廚房。相同的話語在腦中不斷回響著。

「去找《速食炒麵》。找到《速食炒麵》。去找《速食炒麵》。找到《速食炒麵》。」

男人一找到速食炒麵，立刻撕破包裝、取出醬料小包。

「**調味包在哪裡？**」原來在麵的下面。男人淋上了熱水，蓋上蓋子。總是大膽行動（Toujours de l'audace）＊。這是男人的行動準則。

三分が経ち 過了三分鐘

湯切りを行い 前往進行瀝水

焼きそばが襲いかかる 速食炒麵席捲而來

譯者按：阿爾弗雷德・貝斯特為美國的科幻小說家。作品「Tiger！Tiger！」（老虎啊！老虎！）原名為「The Stars My Destination」（群星，我的歸宿），內容是24世紀以後，人類已經具備精神感應移動能力，後續引發了內行星聯合國與外行星同盟的戰爭。

＊Toujours de l'audace為法文「總是大膽」，是原作「群星，我的歸宿」中的台詞。

岡村靖幸

卡魯哇醬料

再一次的速食炒麵
以及再一次的水壺我們就能被享用
但是　這樣的　事情持續下去
那個微妙的口味　也將變得糟糕
試著加油吧
就像那吃著必須要丟棄的速食炒麵的便利商店店員
我希望自己能有　那小小的毅力

這些日子以來的速食炒麵
大約都是3分鐘或5分鐘能吃
做了章魚燒買了大阪燒
攝取過多碳水化合物　看著限制醣類的錄影帶
這樣就行了嗎　雖然我一點也不明白

Yasuyuki Okamura

音樂人 日本 1965～

無論什麼東西　都無法與你比擬＊
那時候的我　如果吃了　速食炒麵就會臉色發青
現在我和夥伴　雖然吃的是　培洋君香菜口味
也不會真心覺得好吃
不要再去瀝水了　我們在六本木見面吧　現在快過來吧
我想與你和好啊　再一次　用速食炒麵

譯者按：岡村靖幸為日本流行音樂製作人暨作詞作曲人。「カルアミルク」（卡魯哇奶酒）為１９９０年發售的歌曲。

＊「どんなものでも君にかないやしない」（無論什麼東西　都無法與你比擬）為２００２年由一群受到岡村靖幸影響的年輕人合作製作的翻唱專輯名稱。

「歌唱放在爐火上的水壺沸騰狀態的女人的一生」

提到速食炒麵，就想起以前，爸媽為了補貼我的生活，曾送過來一大堆的速食炒麵。而且還只有「速食炒麵U.F.O.」。我想應該有50盒吧。塞在一個大紙箱裡的速食炒麵。記得那時我看著它們，感到不知如何是好。

這怎麼可能一個人吃完呢。所以我發了簡訊給通訊錄上從頭到尾每一個朋友。要不要速食炒麵啊？這樣的內容。但是，非常意外地，每個人都說不需要呢～。速食炒麵真不受歡迎！好悲傷！但是也有朋友說他一個人想要很多包。我裝了兩箱，問他這麼多沒有問題嗎。大概裝了有30個吧。

然後請了黑貓宅急便過來，很自然地選擇了運費到付。因為想著唉呀畢竟是我送你的東西，運費這種小錢你自己付應該沒有問題吧。

幸好，留在家裡的速食炒麵只剩下20個了。這樣的話，自己一個人花點時間應該

Chokkaku Shibuya

漫畫家、作者 日本 1975～

能慢慢吃完吧。就這樣，速食炒麵的問題應該解決了……。

但是，並沒有解決。幾天後，那位朋友慌張的打了電話來。沒想到那包裹到付的運費竟然要日幣３０００元啊。他說，這樣的話我自己買30包速食炒麵還比較便宜啊。搞什麼啊！啊啊，我搞砸啦！

這就是我那個速食炒麵到付事件。絕對不要再選擇到付了。

譯者按：澀谷直角為日本的作家兼漫畫家。「カフェでよくかかっているＪ－ＰＯＰのボサノヴァカバーを歌う女の一生」（翻唱經常在咖啡廳播放的Ｊ－ＰＯＰ歌曲的女人的一生）為２０１２年出版的短篇漫畫集。

筒井康隆

Yasutaka Tsutsui 小說家 日本 1934～

最後的吃麵人

禁速食炒麵運動的起點，不過是在十五、六年前。而鎮壓速食炒麵愛好者情況越演越烈，也不過是六、七年前的事情。就在如此短暫的時間內，作夢也沒想到，我竟然會成為世界上最後一個速食炒麵愛好者。但是，只要我留在家裡，就能夠絲毫不受外頭的迫害，平安的度日。妻子和兒子也都默許我瘋狂享用速食炒麵。因為他們知道，我為了要維持流行作家收入、要量產出作品，消耗掉大量的速食炒麵是不可或缺的條件。

我和平常一樣打開蓋子、拿出調味包及醬料包，倒了熱水進去。等待三分鐘，然後瀝水。每次瀝水的瞬間，總讓我有種說不出的恍神感。之後再把調味料和醬汁攪拌均勻一口氣吃完。這實在是非常美味。

兩位編輯遠道而來。他們遞給我的名片上印刷的內容是這樣的：「我不喜歡速食炒麵的氣味」。再怎麼說也是編輯，怎麼可能不知道老子這個流行作家是個重度速食麵食用者呢。

譯者按：日本的小說家及演員，著作小說涵蓋科幻、推理及諷刺作品。代表作有「穿越時空的少女」、「日本以外全部沉沒」、「富豪刑警」等。「最後の喫煙者」（最後的吸菸者）是1987年發表的短篇科幻小說，內容描述世界上最後一位吸菸者講述禁菸活動過於激烈的故事。為反應當下社會反菸害狀況的小說。

Japanet Takata

Akira Takata 經營者 日本 1948～

次世代速食炒麵只要一萬日幣！

好的！那麼接著是下一個商品唷～。出現啦～！　這個，大家知道是什麼嘛？其實，就是各位平常輕輕鬆鬆享用的，速食炒麵喔！　柳原可奈子小姐，妳以為是電腦嗎？　您真敏銳！　這個，可是具備Wi-Fi的速食炒麵啊！　由Wi-fi傳達資訊，不管是麵條的軟硬度、瀝水的時機、調味料的融合狀態，全部都能用電腦來監控！！！！！（哇——歡呼聲）　也就是說，這樣就能夠完美地打造出自己喜愛的速食炒麵了！　這樣只要一萬日圓！　我們以一萬元提供這項商品給您。這裡有一個試作的成果，這是以我的喜好來製作的，嗯嗯，真是非常完美的味道。當然不是只有這樣囉～。好的好的，就拿過來吧～。就是這個，我們會附上這個水壺！　這樣就能輕鬆簡單的享用速食炒麵了！　Japanet ♪　來吧，您現在就可以打這支電話囉！

譯者註：Japanet Takata是日本一個購物頻道，社長Akira Takata的獨特說話方式帶動整體節目及銷售量。

湯鄉人

1

今天，媽咪瀝了水。我並沒有看見她那個樣子。「母親瀝水，淋上醬汁」離阿爾及爾有八十公里之遙的養老院發了電報來。正因如此，也許瀝水一事是昨天發生的也不無可能。

我累了。已經幾個月沒見到媽咪。但是，無論我身在何處，都能夠泡速食炒麵。

2

速食炒麵這種東西，不管在哪裡都能泡。它的包裝只要在陽光下，無論是在哪裡都能發出光輝。是太陽讓速食炒麵閃閃發光。外表上印刷的完成後範例照片、商品的名字——寫在側面的成份標示、在宣傳活動中演出的藝人公關照片、裡面放的醬汁小包、最後要灑上的海苔粉和美乃滋——如此多彩多姿的資訊，讓人頭暈目眩。

Albert Camus

小說家 法國 1913 ～ 1960

3

還真是個好星期天。我無聊萬分地，在街上晃盪著。

在大馬路上散步，人人都毫不遲疑地走著。母親提著超市的塑膠袋。還有父親。太陽將這些都包裹了起來，我一瞬間呆住了。袋子裡有速食炒麵。有各式各樣不同的速食炒麵。我進了咖啡廳，喝了牛奶咖啡。

媽咪已經吃了速食炒麵吧。結果，並沒有任何事情改變。

譯者按：卡謬為法國小說家、哲學家、戲劇家、評論家，1957年以長篇小說「異鄉人」獲得諾貝爾文學獎。

立川談志

Danshi Tatekawa 落語家 日本 1936～2011

現代瀝水論

速食炒麵這種東西啊，可不是會讓人類變的墮落的東西喔。是能夠教導你，人類到底有多麼墮落的東西。（有人問我公務和速食炒麵哪個比較重要）當然是速食炒麵啊。真是抱歉，我有點慌了。呃，我們本來是在說什麼？噢，是速食炒麵的話題對吧。抱歉抱歉。欸，速食炒麵實在沒什麼不好的啦。

速食炒麵最重要的就是瀝水。這是毫無疑問的。當我收徒弟的時候，最先告訴他的也是這件事情。越是意志薄弱的傢伙，越容易在瀝水的時候猶豫不決。瀝水是映照出自己的鏡子。沒辦法獨立瀝水的話，是無法站到舞台上的。所以我會定期讓徒弟泡速食炒麵。還有啊，現實就是正確答案。在這個壞時代當中就算有些奇怪，那也沒辦法。畢竟現實就是事實。所以，我總是將目光聚焦在速食炒麵的動向。

譯者按：第七代（自稱第五代）立川談志，本名松岡克由。除了落語之外也很擅長說書等，多才多藝。曾著有「現代落語論」等書。

YONCE（suchmos）

Yonce 音樂人 日本 1991～

Yugiri Tune

那個吃了炒麵的傢伙　已經 good night
連杯子也吃掉的傢伙　已經 good night
讓流理臺作響的傢伙　已經 good night
被辣椒嗆到的那傢伙　已經 good night

譯者按：Yonce，樂團「サチモス」（suchmos）的主唱。代表作為「stary tune」等歌曲。

三分鐘的五天

男演員1：啊，那麼就來泡速食炒麵了。速食炒麵有那個，U.F.O.的，速食炒麵。首先要將熱水倒進去，要煮沸，就用T-fal，啊其他的也可以啦，反正都是水壺。與其說是水壺，應該說是茶壺啦。那，倒下去囉。

男演員1：那，一般來說這時侯，應該會吐槽我說，喂！你根本還沒把醬料包和調味包從容器裡拿出來吧，我是這麼覺得啦。那我當然是有所預料才這樣倒熱水下去了，呃這當然是藉口，正確答案是我真的忘掉了，但真的是忘的一乾二淨，不過畢竟也是個超過30歲的大人，雖然我是自由業，可是要說出口，該說是有點害羞還是自尊會有些礙事呢。

男演員1：這樣說的話，不就完全沒有考量速食炒麵這一方嗎？與其說是我的尊嚴問題，應該要想的是，竟然忘掉的這件事。這是在我還是耶穌系*，也就是遊民時候的事情，我曾在公園泡過速食炒麵唷。結果呢，旁邊長椅上的情侶，就竊竊私語地說，

Toshiki Okada

製作人 日本 1973～

那傢伙弄錯了啦，但其實他們的音量，可是完全超過了講悄悄話的程度呢。

男演員1：然後就要等待，3分鐘。這個等待時間，意外地還挺不錯的呢，畢竟是3分鐘。就是這個等待時間。不是能做許多事情嗎？打遊戲之類的。俄羅斯方塊之類的就挺剛好呢。雖然我沒玩過俄羅斯方塊。其實我是希望大家理解，這種感覺上的差異。泡速食炒麵的時候，我想一定有微微的倦怠感吧。所以這不是很相襯嗎？遊戲之類的。

男演員1：然後剩下瀝水。不是常常會砰地一聲嗎？流理臺啊。感覺那就像是固定的、決定好的步驟。其實啊，我不太喜歡那麼做。難道大家不會覺得，就像是被一個框架框住了嗎？所以我會拿去洗手間倒。雖然這樣是不行的啦。

譯者按：岡田利規為日本的劇作家、小說家。曾著有戲曲「三月の5日間」（三月的五天）。

＊耶穌系：一種留小鬍子、長髮、瘦高的造型。

讓妳能自在工作的地方［停播］

辦公室裡，穿著套裝的男男女女正在辦公。當時鐘指向下午五點，便聽見員工們紛紛說著：「那麼我先走囉」，一邊離開了辦公室。有位女性員工還在工作著。時間不斷地流逝，辦公室裡的人也越來越少，幾乎都走光了。

女性員工：將熱水倒進容器中，過了三分鐘之後瀝水……嗎？

女性員工在茶水間裡泡速食炒麵，之後回到桌前開始享用。

上司：（忽然從後方接近）妳看起來很累呢。要不要去補個妝？

女性員工：咦!?

上司拍了拍她的肩膀後，回到自己的座位。

女性員工離開座位，對著洗手間裡的鏡子確認自己的臉龐，開始進行補妝。妝容完全恢復之後，女性員工帶著清爽俐落的表情，從洗手間回來了。她回到桌前再度吃起了速食炒麵。上司看著她的樣子微笑著。

字幕：讓妳能自在工作　速食炒麵

譯者按：日本的「炎上」通常指特定事物在網路上引發討論，且多為負面評價而造成商品停止販售、節目中止、個人社群網站遭受攻擊等。

森 鷗外

Ogai Mori 小說家 日本 1862 ~ 1922

湯姫

吾任憑學問荒廢。

當吾驅車回到居所，艾莉絲已備好即食炒麵。

艾莉絲朝著即食炒麵言道：「我準備了即食炒麵，你就吃吧。」我茫然若失地呆站了好一會兒，猛然透過油燈的光線望向容器，有兩個小袋子。我將袋子取出，仰望著她的眼精，回覆她：「我明白了。」

啊啊，她將煮滾而咕嘟著的熱水倒進容器當中。我沒什麼食慾。在三分鐘的空白過後，艾莉絲引領著我說：「食材的味道非常好，快吃吧」。我右手拿著筷子，左手拿著容器，吃了起來。

即食炒麵有著優秀的美味。一口接著一口，麵消失地非常快。這的確就是炒麵。正當我覺得非常惋惜而要將麵吃完，艾莉絲就拿出全白而閃閃發亮的調味料。我問：「是什麼？」她微笑地回答：「是美乃滋。」

明治二十一年的冬天降臨了。我卻感到溫暖。這是由於其它緣故。

譯者按：森鷗外為日本近代文學家。本名森林太郎，曾任軍醫，官職達中將。於德國留學期間受到叔本華與哈特曼的影響，回國後寫出第一本小說「舞姫」，故事內容為他在德國留學期間，與當地女子的戀愛經驗寫成的悲戀故事。

假如由池上遼一來畫森鷗外的話……由田中圭一模仿完成

發條俺之鹽

「欸，誰去買個俺之鹽來吧？」

我，也就是亞歷克斯。還有我的 Droog（夥伴）三人——比特、喬治和弟姆（耍笨）。弟姆正如其名，實在是有點略略弟姆啦。因此我們就在《科洛瓦牛奶吧》坐下，討論起今晚接下來是不是能夠做點什麼事情。這是個要命冷又黑暗的晚上，但店裡卻沒什麼人。

所謂《科洛瓦牛奶吧》，是個把東西加進牛奶裡的地方，但是你們、我的兄弟們啊，俺之鹽什麼的怎麼啦？那邊的 Devotchka（女孩兒）啊。這個時候，總覺得不管什麼事情都 Skorry（快速地）就改變了，大家也不管是什麼事情，都忘得非常 Skorry（快速地）；畢竟報紙什麼的，大家也越來越不看了呢。俺之鹽的話就簡單了。只要把熱水倒下去。而且把加料牛奶和蛋也都放上去的話，就能成功做出非常棒的奶油蛋麵了呢。這提議還不錯吧？　在我聽來就像是因為快感而失去氣力的 Sharp（女性）發出的 Goloss（聲音）一般。

不管是加什麼東西在牛奶裡面，不都很無聊嗎。這裡沒有什麼酒類販售許可證之類的東西，但是相對的，因為法律上並沒有禁止在 moloko（牛奶）裡面加什麼新的 Veshch（東西），所以就把 Vellocet（一種麻藥）啦、Synthmesc（一種麻藥）啦、Drencrom（一種麻藥）之類的東西加進去喝。

這樣的話，就能夠享受萬分歡樂的十五分鐘了。能夠瞻仰『上帝與天使和聖人們』呢，另一方面，也能看見 Mozg（腦子）當中具備的各種顏色碰碰地爆炸開呢。又或者，也可以像人家常說的，把俺之鹽裡面的海苔粉灑上去吃掉。這樣地話，就能夠有變成非常新鮮海苔粉那樣俐落的心情，雖然會覺得有點想玩些骯髒的遊戲，但那晚我們喝的就是那種東西——而我的故事，就是從這裡開始的。

譯者按：安東尼・伯吉斯為英國現代小說家。同時也是評論家、作曲家、詩人、編劇等。代表作「發條橘子」由史丹利・庫柏力克拍成同名電影。又，俺之鹽為日本速食炒麵品牌之一。

炒麵嘿咻嘿咻

那個啊，杯裝速食炒麵那種東西，實在是怎樣都好啦。隨便吃吃就行了。

是說啊，什麼「杯」裝炒麵是怎樣啊～。搞得我們聯想到「自大地誕生的奇跡，E罩杯的小惠（22）」，真令人生厭。要是有青春期多愁善感的孩子，這可如何是好。若是身為父親的我打算說：「喂，今天吃杯裝炒麵喔！」我那14歲的兒子（理個平頭、內向被動）因為在房間裡想像週刊上看到的E罩杯而無法走出房間；16歲的女兒（棕髮、反抗期）應該會怒吼著「啊？爸超下流的！」喀喳一聲把門關上吧。而妻子則會一邊拆下耳環，對著鏡子說：「我在外面吃過了。」結果我只能孤單的泡麵。然後說：「啊，熱水流向了流理臺……簡直就像現在的我一樣……」呵呵地苦笑。唉，我是沒有兒子、也沒女兒，所以是不需要擔這種心啦。咦？你比較擔心我的腦子？別管我！總之愛吃就吃吧。速食炒麵那種東西。

欸，速食炒麵這種東西，就倒熱水、等三分鐘、瀝水、淋上醬汁罷了，幾乎沒什麼自由度可言。以紅白機來說，就是幾乎沒有岔路選項的冒險遊戲吧。

對了，有那種人喔，會確實地用碼錶測量時間，在剛好3分鐘的時候瀝水。然後

Katsuyuki Sato

專欄作家 日本 1963 ～

時間超過了一點就會說：「麵、麵會發脹啊～！」一邊焦急地瀝水，結果手一滑就很誇張地打翻了。是說，要是多加了個製程，只要失敗的話就不能吃了，如何啊？ 鄉廣美據說也有「啊！一心急，麵就全滑了出去……日本啊啊啊！」的經驗。雖然最後根本沒必要大叫啦。這個問題應該要留給後世某個腦袋靈光的人來解決，我就先記錄下來了。

喂，我說你啊，你還在看這篇文章？那我再寫一次，速食炒麵你愛吃就吃吧。唉，也是可以講些感謝你讀到這邊的話啦。北七啦。

譯者按：佐藤克之為職業專欄作家，大學沒考上之後開始投稿至雜誌「寶島」，於1980年開始持有自己的專欄，頗受當下年輕人歡迎。1982年初版第一本著作「受験ホイホイ」（考試嘿咻嘿咻）為其短文集。

一遍上人

Ippen Shonin 宗教家 日本 不詳

舞蹈念佛配速食炒麵，無可懼之物

諸君，請聽我一言！打開速食炒麵的蓋子、從容器中取出調味料和醬汁之後，就丟了、丟了、丟了、丟掉它們吧！倒下熱水，在那之後的三分鐘內，好好地跳舞！弄壞它撫摸它燃燒一般地狂亂吧！拌好醬汁之後就從人類社會完全脫離吧！快吃吧！沒有錢、沒有未來、沒有恐懼之物、貧窮萬歲、念佛超棒。請讓乞丐吃速食炒麵。

譯者按：一遍上人為日本鎌倉時代中期僧侶，江戶時代由弟子整理他的思想、言論及和歌，為「一遍上人語錄」。一遍上人在外出雲遊時會進行「踊り念仏」（舞蹈念佛），由於有時樣貌會非常狂亂，因此遭到保守派的反對。

威廉・柏洛茲

William Seward Burroughs II 小說家 美國 1914～1997

爆炸之杯

包裝上的塑膠膜嘶嘶作響——露出了乾燥的麵條——這麼說來，那時候我沒能吃掉的炒麵，後來如何了呢？——將水打進了裸露的金屬當中——鐵質的冰冷與手指的溫度使臟器有所反應——我知道——由流理臺飄來的臭氣及小窗戶吹進的風兒擺動窗簾——少年被蒸氣包圍——

速食炒麵的證言：「在等待的三分鐘時間內——於體內爆炸的食慾連鎖——轉變為乳白色的液體奔走——命令他除去紙蓋子——瀝水、瀝水、瀝水！」

小包裝的醬汁滲透至麵條的脊髓——逐漸流去的熱水被屏蔽——口腔內滑溜溜地逐漸被汙染為墨黑——少年與母親歌唱的錄音機聲響——調理方法讓腦子漸漸地中毒——雖然危險但是合法——「你又在吃了嗎？班威。」——體內的衝動抹去了羞恥心——再慢一些、就這樣。

譯者按：威廉・柏洛茲是一位美國小說家、散文家、社會評論家以及說故事表演者。其大部分的作品都具半自傳性質。長篇「The Ticket That Exploded」（爆炸的車票）為科幻小說，內容講述來自外太空的威脅，為了要使地球毀滅，而在地球上打造了樂園來使人類變得遲鈍。拯救地球的關鍵就在於必須爆破樂園的入場券。

等待結束後

平野啓一郎

序

這裡所撰寫的，是速食炒麵與一位人類的故事。

他們分別有自己的原型模特兒，但是為了避免造成困擾，因此將姓名以及商品名稱、發生事件的日期等等，在設定上都做了變更。

第一章　脫去蓋子的漫長夜晚

二零一七年夏天，男人思考著想吃速食炒麵一事。那時，時間是中午的十二點左右，正是肚子會開始餓的時候。其實，自從站在廚房裡，他就非常在意速食炒麵的存在。宛如被什麼東西給吸引，他將手伸向了蓋子。

第二章　寂靜與熱水

過完年，男人與速食炒麵談了非常久的一席話。自從去年底以來，男人一直都協助泡速食炒麵一事。目前將要完成，是已經將熱水倒進去的狀態。而他卻突然說出「停

Keiichiro Hirano

小說家 日本 1975～

手吧」。

「我覺得，這樣非常奇怪。」速食炒麵說。「如果在這個步驟不瀝水的話，麵就會發脹對吧。為什麼不瀝水呢？」

男人理解了速食炒麵想要瀝水的思慮，同意結束這還不滿三分鐘的短暫等待時間。

第三章　在瀝水結束後

男人的速食炒麵，在二零一八年的二月初，終於首次完成。他對於速食炒麵完成的樣子，感到非常滿意。他在客廳一口氣吃下，評價是非常棒。從第一次倒熱水進去，已經超過了三分鐘。

譯者按：平野啓一郎，日本小說家。出道作「日蝕」為15世紀法國神學僧侶的神秘體驗，本作獲得芥川獎，獲獎當時平野是歷屆最年輕得主。2015年開始在每日新聞上連載小說，結束後集結成為長篇「マチネの終わりに」（午場表演結束後）。

食而第一

子曰：「君子不注熱水至容器，則不得食炒麵。添熱水則麵不固。熱水之用為貴，炒麵之道斯為美味。」

子貢曰：「吾過三分而志於瀝水。立於流理臺。未以禮瀝水，則不仁。食無求醬料，則無美味，此即速食炒麵也。」

［翻譯］

老師說：「就算是君子，如果不把熱水倒進速食炒麵裡的話，一樣是沒辦法吃的。只要加了熱水，麵條就會變軟。只要和熱水在一起，炒麵就會變得美味。」

子貢說：「我因為過了三分鐘而打算瀝水，所以站在流理臺前。若不能以禮瀝水，則我將被排除在仁道之外。淋上醬汁就會變得美味，這就是速食炒麵啊。」

譯者按：此處改寫的論語原文分別為「君子不重則不威，學則不固。」、「禮之用，和為貴。先王之道斯為美。」；「吾十有五而志于學，三十而立。」、「君子食無求飽，居無求安。」等。

柏拉圖

Plato 哲學家 希臘 紀元前 427 ～ 347

瀝水圖

對話人物：蘇格拉底、瀝水圖
場景：監獄中

瀝水圖：我最愛的蘇格拉底啊，我有個好消息要告訴你。

蘇格拉底：親愛的瀝水圖啊。你是要說3分鐘後速食炒麵就會泡好了吧？

瀝水圖：沒有錯。瀝水之後就完成了。

蘇格拉底：那麼，就來議論一下我們的速食炒麵製作方式吧。我們的速食炒麵是否沒有任何不正確呢。取出醬料小包、倒熱水進去。此處是否有善與美、以及真理呢？請讓我聽聽你的想法。

瀝水圖：當然是有的囉。

蘇格拉底：那麼我們沒有經過雅典人的同意便瀝水，這件事情是正確的嗎？

瀝水圖：蘇格拉底啊，已經超過3分鐘了。以失敗作結了。

譯者按：柏拉圖，為古希臘哲學家。著作大多是對話形式，追隨蘇格拉底但並非蘇格拉底的學生。同時是亞里斯多德的老師。最著名的作品為「理想國」，內容涵蓋經濟學、政治社會學、政治哲學、倫理學、正義及知識。從各方面考量理想國家的建構方式。當中的理論一直被使用到現代。

曾我部惠一

Keiichi Sokabe 音樂人 日本 1971～

咖啡與麵類

那天我們決定要進行寒假的未決事項，也就是「大家一起吃速食炒麵」。那年，兒子忽然沉迷於速食麵，而他下面的妹妹、以及上面的姊姊也立即受到那口味的蠱惑。全日本的家庭似乎都發生了一樣的事情。在孩子們之間，速食炒麵竟然蔚為潮流，連我也不禁覺得，怎麼會有這種事情呢。不過話說回來，在我孩提時代，也曾經在柑仔店買了小小包的速食炒麵，然後吃得非常開心，這個記憶讓我覺得有些懷念。令我覺得不知自己是否在何時，不小心迷路到了速食炒麵在孩子們之間大為流行的平行世界。總覺得不想在東京吃，所以決定去香川吃。

除夕那天的天空非常晴朗。家裡所有人在中午時分聚集在客廳裡。孩子們看起來非常開心，看著他們把調味料放進去、攪拌著醬汁與麵條的樣子，總覺得回想起「不斷沉迷於各種事情又感到厭煩」這首歌。我不知何時睡著了。醒來時夜幕已經低垂。

譯者按：曾我部惠一，日本的創作型歌手。曾為獅子文六的長篇小說「コーヒーと恋愛」（咖啡與戀愛）撰寫解說文章。

SOBAGINE

請試著想像　如果沒有速食炒麵這種東西
並不是那麼難吧？
沒有醬汁也沒有調味料
當然也沒有特製美乃滋
來，試著想像吧　大家都
只會變得速食炒麵不足……

也許有人會說我是夢想家吧
但這應該不是只有我
有一天你和大家也會變成夥伴
我想速食炒麵一定能夠做出來的

請試著想像　自己吃著速食炒麵的樣子

John Lennon

音樂人 英國 1940 ～ 1980

我想你應該能辦到的
不會貪婪地讓麵條發脹
每個人都是培洋君兄弟
來，試著想像吧　大家都
互相分食著速食炒麵……

也許有人會說我是夢想家
但這應該不是只有我
有一天你和大家也會變成夥伴
然後速食炒麵一定能夠合而為一

譯者按：約翰・藍儂為英國歌手和詞曲作者，同時是披頭四的成員。1969年與小野洋子結婚。「Imagine」（想像）為1979年發行的第二張專輯、及收錄於當中的同名歌曲。

高橋源一郎

醬汁炒麵的彼方

我現在，站在剛逃獄的二零一七年十二月七日上。這個房間裡有廚房、放有速食炒麵。『明星』向我搭話。

「你讀了伊曼努爾．康德的『純粹理性批判』嗎？」

「不，我正在讀的是『速食炒麵的製作方式』（岩波文庫）呢。」

有著石野真子臉龐的『明星』，一臉受到打擊似地嘆著氣說：「居然不是『純粹理性批判』，這樣根本是麥克．富岡嘛。」

我無視這番話語，開始做起了速食炒麵。

［（容器－小袋）＋熱水］×3分鐘＝速食炒麵

這就是寫在說明書上的全文。

我拿出了醬汁小包、拿起瓦斯爐上的水壺，將熱水倒進去，看著手錶確認時間，等待三分鐘。就在我旁邊的『明星』向我搭話。

Genichiro Takahashi

小說家 日本 1951～

「你愛著速食炒麵嗎？」

「我不知道。」脫口而出這句話後，我注意到正好過了三分鐘。

『瀝水吧（Over the Hot Water）』

『瀝水吧（Over the Hot Water）』

『瀝水吧（Over the Hot Water）』

我對著流理臺傾斜容器瀝水，拌著醬料。

之後過了九年。人們將那稱為「速食炒麵」。

譯者按：高橋源一郎，小說家、文藝評論家等。文體為異化過的散文，也就是將日常習慣的東西以奇異且非日常的方式表現出來，以避免讀者在知覺上有先入為主的觀念，是非常前衛的作風。長篇作品「虹の彼方」（彩虹的彼方）內容為東京拘留所中囚犯們與典獄長之間的思想劇。

尾崎放哉

Hosai Ozaki 俳人 日本 1885 ～ 1926

此美麵獨自享用入眠

即使咳嗽也要瀝水

譯者按：尾崎放哉為日本的自由律俳人，作品當中不包含季節用語、也不受格律限制。最著名的俳句為「咳をしても一人」（即使咳嗽也獨自一人）。

Mob Norio

Norio Mob 小說家 日本 1970～

杯麵入門

將dope（麻藥性的）熱水注入方型容器中，下午一點，速食炒麵的蓋子已被蓋上。身為《孤獨大廚（私人廚師）》的我，站在象徵《一家團圓》的客廳房間當中。放在隔壁房間的電視機，那電視廣告正不經意地將資本主義的訊息傳遞過來。看了眼掛在牆壁上的時鐘，自倒進熱水後還沒到一分鐘。Ha、Ha，還沒有做好呢，朋友（黑傢伙）。可別焦急啊，時機隨時都會來到。我以『Cabin Man』的身分凝視著時鐘的指針。過了三分鐘便朝向流理臺，充滿節奏感地瀝著水。流理臺發出了宛如災害般、砰地一聲重低音。以拿著槍般的慎重感，輕輕晃動著容器，讓水滴落下去。

看起來很好吃對吧，朋友（黑傢伙）？　這是在一個飽餐的時代當中創造出來，給空腹者的麻藥。日日吃炒麵故我在（Every day eat YAKISOBA，therefore I am）。這就是我的生活。

讓醬汁纏繞在麵上吸進嘴裡。Fuck！　這太好吃啦，朋友（黑傢伙）。

譯者按：Norio Mob為日本小說家，原先的工作是家庭教師，後來由於祖母過世而寫下出道作品「介護入門」（看護入門），並以該作獲得芥川獎。

製作速食炒麵時建議添加進去的調味包及醬汁2選

yakisoba-x001

非常有益的資訊！我學到了。

yakisoba-x034

要泡速食炒麵還真辛苦呢…超值得參考…！！

yakisoba-x999

之後再看

c0le

這只是很單方面的製作方式。看過下面這個連結應該就會改變想法了。

http://yakisoba.tsukurikata.com/

kzhk_1980

id: c0le 那種做法已經被否定了唷。

mhlw_soSke

要製作速食炒麵，醬汁非常重要。的確是醬（是這樣）呢。 # 搞笑雙關

rock69

說到底這在科學上是正確的嗎？沒有經驗無法判斷呢。

highena

速食炒麵也非常不錯，但是不運動和冥想的人，最終會非常悲慘。運動、冥想、睡眠、蔬菜 350g 這四項組合是人生不可或缺的。現在就去跑步吧。

譯者按：「はてなブックマーク」（http://b.hatena.ne.jp/）為線上書籤網站，可用來記錄、分享網頁。

一九八四分

男人打算開始進行的事，就是製作速食炒麵。那雖然並非違法行為，但若是被餐飲部（Ministry of Eat）發現的話，也無法免去死刑、或最少二十五年的牢獄之災。

他藏身在廚房深處那個原先用來放置洗衣機的凹洞當中。那裡是電幕看不見的死角。他以毛巾包裹速食炒麵的容器，將手伸向了蓋子。非常緩慢而慎重地打開。這是為了防止收音麥克風捕捉到這個聲音。

男人從那原本是用來插洗衣機水管的孔洞裡取出紙捲。那是《人民之敵》瀝水曼紐・高斯登著作的思想書——『速食炒麵集體主義的理論與實踐』的影本。男人讀了起來——

第一章　熱水就是力量

從前存在著三種食品。生鮮食品、加工食品，以及速食炒麵。目前已經確認，至少在第三次世界大戰以前，確實是有這三種食品的。

George Orwell

小說家 英國 1903～1950

男人中斷了閱讀。他將熱水倒進了速食炒麵裡。這男人原本是餐飲部的職員。工作就是要消滅速食炒麵。在他工作的維多利亞辦公室牆面上，掛了大大的布條，那是餐飲部的口號。

健康就是和平
運動不足使人成奴
新鮮蔬菜就是力量

由於這些話語，速食產品全部都被政府排除在外。街道上貼著『健康大哥正看著你』的海報。男人看了看手錶。已經過了五分鐘。是該瀝水的時間了。所謂瀝水，就是三分鐘後將熱水倒掉的行為。而所謂自由，就是不管要五分鐘還是七分鐘瀝水，都隨你自己去決定。

譯者按：喬治．歐威爾，英國左翼作家、新聞記者及社會評論家。最有名的作品為「動物農莊」及「一九八四」，內容為諷刺極權政治的小說。文中提到的「電幕」是作者在小說當中創造的語詞，為一種電視機兼監視器的儀器。又，原先小說中的「伊曼紐．高斯登」為革命英雄，著有「寡頭政治集體主義的理論與實踐」一書，但後來反革命而被判死刑卻又逃走。「老大哥」則是小說中的寡頭。

小川洋子

Yoko Ogawa 小說家 日本 1962～

博士愛的醬汁式

我立刻著手製作速食炒麵。首先打開蓋子、將醬汁及調味料的小袋子從容器裡拿出來。博士在一旁看著我的樣子，邊發出嗯嗯的聲音點著頭。我將事先煮開的熱水倒進去，等待3分鐘。瀝完水之後，把醬汁倒進去攪拌。我觀察著博士的反應。

博士不管是何時、或什麼樣的場合下，都不會只向我們尋求正確答案。與其趕快做完，如果看到我們在混亂之中，忽然犯下了沒來由的錯誤，他還比較開心。以速食炒麵來說，大概就是不小心把麵灑進流理臺裡吧。如果以那個錯誤為出發點，又發生了超越原先問題的新問題的話，他會更加開心。他對於所謂正確的錯誤，有著獨自的觀感。那麼，這個速食炒麵的製作方式究竟是不是正確答案呢。

譯者按：小川洋子，日本女性小說家。代表作「博士の愛した数式」（博士熱愛的算式）曾改編電影。內容是由於腦部受損而只有八十分鐘記憶的博士，與身為家政婦的主角「我」之間發生的故事。

炒麵會議大獎海報

我深信著，速食炒麵的力量。

——第51屆速食炒麵會議大獎

西村賢太

調味包列車

十九歲的北町貫多住在房租日幣一萬的1．5坪大房間裡。當然沒有廚房那種東西。公用廚房只有走廊上的那一個。工作是港口跑腿的日薪工人，每天收入只有日幣五千五百元。貫多經常吃速食炒麵，單純是因為便宜。

今天，他也從港口回到位在板橋的這間灰泥住宅公寓，思考著晚餐的事情。眼前就只有寶燒酒和紙杯而已。就泡個速食炒麵，姑且當成下酒菜吧。走向公用廚房，將水煮開。在水煮開之前，搞定了把調味料放進去的煩人步驟。

沒有錢。房租已經遲繳三個月了。房東都說了要趕自己出門，所以得在這兩三天內決定該怎麼辦才行。水煮開了。將水倒進碗中等待三分鐘。瀝水之後淋上醬汁。已經好一陣子都只有吃速食炒麵。錢就跟工地現場認識的木下借好了。總覺得那傢伙應該會借給我。就跟他約好絕對會還他吧。

Kenta Nishimura

小說家 日本 1967 ～

吃了這麼多速食炒麵，實在也是會厭煩。貫多吃著炒麵，邊想著上女人的事情。經常拜訪的那間二手書店的女性店員，還挺令人喜歡的。要是能和那女孩一起吃速食炒麵是再好不過，但這當然是辦不到的。十九歲的自我意識就是這麼一回事。不知何時整罐寶燒酒都空了。就這樣，明天又開始了。

譯者按：西村賢太為日本現代小說家，作品多為私小說（以自身經驗寫成的小說）。多部作品被提名各種獎項，2011年以「苦役列車」（中文譯本同名）獲得芥川獎。內容為其年輕時落魄卻想抓住一絲希望的經歷。

杯麵領導論

高橋 南

正如同努力會讓人成長，熱水則會讓速食炒麵成長。

打開蓋子、拿出醬汁小袋之後，為了麵條好，就倒熱水進去吧。

倒了熱水，蓋上蓋子之後必須要等待3分鐘。什麼事情都不做的3分鐘是非常痛苦的。但是，這不僅僅是等待而已，只要去思考如何才能有效活用時間，那麼應該就會是一段有意義的時間。正因為能跨越這段時間，速食炒麵才會成為美味的東西。

過了3分鐘之後，瀝水然後淋上醬汁吧。為了要美味地享用，而有了那3分鐘。為了這個瞬間，要努力3分鐘。只要這樣想的話，製作速食炒麵不也會變得快樂嗎？

（接下來是告別致詞）

現在，我已經倒了熱水下去。但是，這不一定是等待3分鐘就行了的。

我希望調味料以及麵條，都能夠有絕佳的軟硬度。但我知道並不會這麼順利，因為這就是速食炒麵。

但是啊，我認為速食炒麵是「抵抗矛盾之物」。
所以，我希望大家都能持續等待3分鐘。
最後，
我，高橋南，將在往後的人生中證明「速食炒麵會發脹」。

譯者按：高橋南為日本女藝人，前AKB成員，為AKB創始團員之一。2009年出任AKB48第一個分隊「Team A」首任隊長，2012年更獲任命為AKB48集團的「總監督」，即AKB48、SKE48、NMB48、HKT48、JKT48、NGT48、SNH48等AKB48集團旗下各團體的總領隊。離開AKB後以個人身分活躍。曾著書「Leader論」（領導論）。

安東尼奧・豬木

Inoki Antonio 拳擊手 日本 1943～

1、2、3、叭——！

這碗速食炒麵，吃下去會如何呢。
自從做好已經過了3天，
但是不要怕。
怕的話就無法吃飽了。
只要踏出一步，那一口便能讓你飽足、只要那一口就能飽足。
別迷惘，去吧。
去了就明白了。

（引用：清澤哲夫）

譯者按：安東尼奧・豬木為已退休的日本職業摔角選手及綜合格鬥家。為日本職業摔角史上非常重要的成員。目前為日本議員。本文改編自豬木著作當中的名言詩，本人說是引用一休禪師，但其實出自哲學家清澤哲夫的著作。

二葉亭四迷

Shimei Futabatei 小說家 日本 1864 ～ 1909

炒雲

第一回　首先去除的是小袋

哎呀地撕開了容器（盒子）的包裝，將蓋子開封（掀開）以後，就拿掉當中的小袋吧。小袋有兩個，兩者皆為注入熱水之後需要的東西，請多留意。

第二回　唰唰瀝水的舉動

啊哈哈哈地將熱水倒進去，過了三分鐘後麵會變得柔軟（鬆開），終於來到要瀝水的瞬間。一個勁兒地將熱水倒向流理臺。

第三回　Self-mixing 醬汁

那麼終於要攪拌醬汁了。是的，這樣地話，真的就只剩下享用一事了……。

譯者按：二葉亭四迷為日本近代文學家。1887～1891年間寫成的寫實小說「浮雲」為言文一致（我手寫我口）的文體，是日本近代小說的開山始祖。

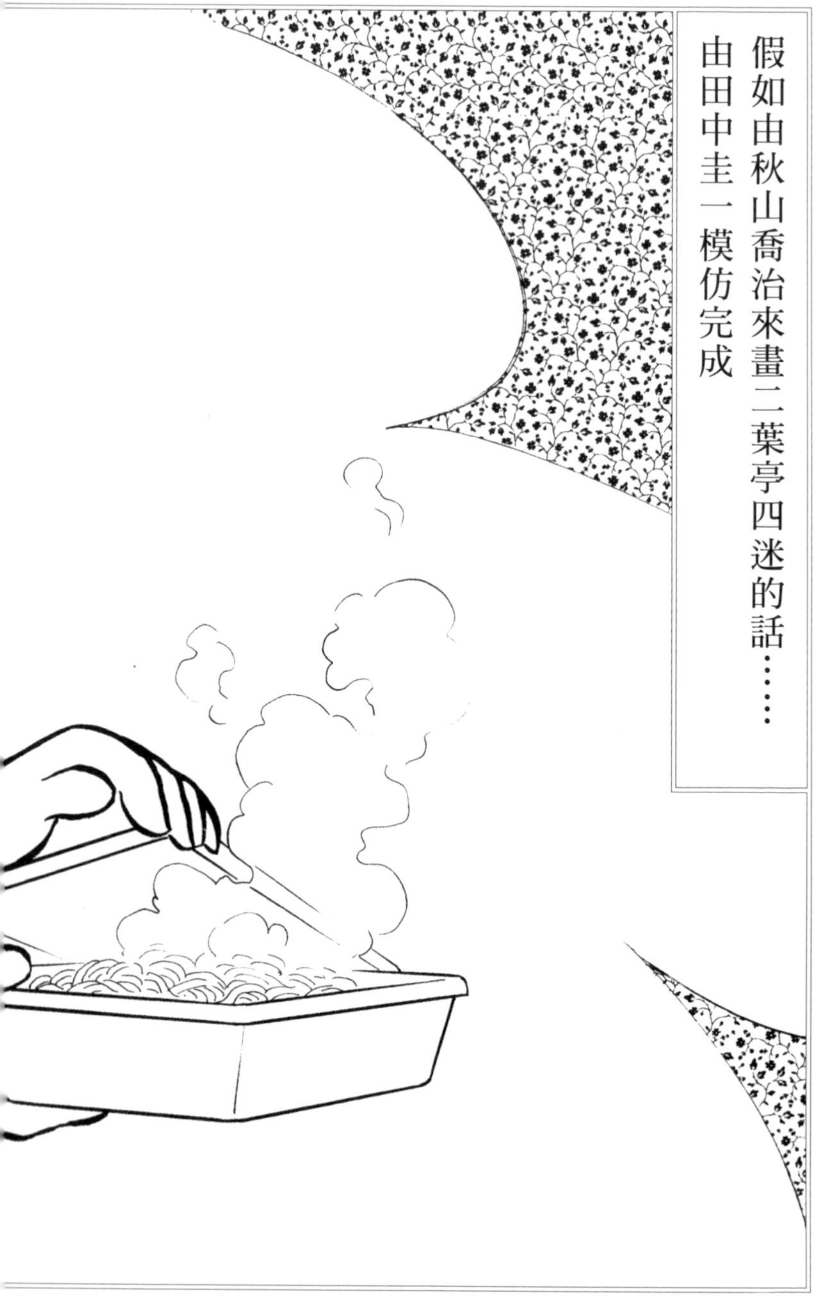
假如由秋山喬治來畫二葉亭四迷的話……
由田中圭一模仿完成

速食史的真相

岸信介成為首相之後，於1957年6月造訪美國。關於當時的狀況，岸的回憶如下。

「到的那一天，我禮貌性的去白宮拜訪了艾森豪。緊張的打了招呼之後，艾克（艾森豪的暱稱）就說，要是我下午沒事情，就一起泡速食炒麵吧。杜勒斯先生不吃速食炒麵的呢。

之後我們就在白宮裡，兩個人泡起了速食炒麵。我打開蓋子之後，艾克就把醬汁和調味料拿出來。在這之間我去煮開水、艾克則把調味料灑上去。瀝水是我負責的。吃完之後，我們去健身房暢流汗水，試著消耗掉卡路里，然後在置物櫃那兒換了衣服。由於並不會讓淑女進入，所以大家都是全裸。兩個人全裸面對面，一邊淋浴一邊談話，這才是男人間的往來啊。」（『岸信介的回想』）

這個一起製作速食炒麵的事實，其實有非常重要的意義。

在這之前，美國的對日關係幾乎都是由國務卿杜勒斯執牛耳。頭腦清晰、又身為律師的杜勒斯，經常掌握著日美交涉的主導權。另一方面，杜勒斯卻又對艾森豪總統

Ukeru Magosaki

評論家 日本 1943～

展現絕對服從的態度。在這種狀況之下，由於岸首相一到華盛頓，就和艾森豪一起泡速食炒麵，雖然只有幾小時，但卻是杜勒斯不在的情況下，與艾森豪會面了一段時間。

這個時候兩人之間究竟談了什麼話題，沒有人知道。但是在正式的會談當中，艾森豪對杜勒斯表示：「岸首相難得遠道而來，你要站在他的立場考慮一下。」因此，杜勒斯便不再嚴苛對待岸了，現實的外交活動，就是會因為這種非常人情味的事實，而大大左右交涉的方向。這就是世間傳聞的岸首相速食炒麵外交。

譯者按：孫崎享為日本外交官暨評論家。著有多本政治相關著作。2012年出版的「戦後史の正体」（戰後史的真相）內容是解析日本在政治上受到美國壓迫、以及戰後史的本質。

乞討的杯子

在信仰伊斯蘭教的土地上，速食炒麵究竟是受到什麼樣的待遇呢？這就是我這次採訪的主要目的。速食炒麵是非常方便的食物，除了日本以外，在全世界都被廣為享用，但在伊斯蘭教的土地上是否能被食用，先前一直都沒有非常確實的採訪報導。

除了速食炒麵以外，只要有熱水就能製作的速食產品，在要前往那些還沒有24小時營業超商的地區時，是非常重要的東西。我將目光落在為了這次的採訪行程而準備的速食炒麵容器包裝上。

上面寫著製作方式。打開蓋子，將醬汁、調味包及美乃滋從容器中取出，把調味料放進去。倒下熱水，等待3分鐘。瀝水之後淋上醬汁及美乃滋，這樣便完成了。

就快到成田機場了。成田機場第3航廈是LCC（廉價航空）專用的航廈，我為了要節省採訪費用，因此搭乘廉航飛往杜拜，預計從那裡前往黎巴嫩。

Kota Ishii

散文作家 日本 1977～

我拿出手機，打電話給奧瑪爾，他是預計在當地協助我翻譯事宜的人。我再次告知他大約何時會到，這樣就準備萬全了。伊斯蘭的土地上，到現在可能都還不太有人享用速食炒麵，理由多半是有無法符合清真規範的東西。所謂清真規範，舉例來說就是一種證明，告知民眾本食品中不含豬肉等，是對於伊斯蘭教徒來說沒有問題的食材。黎巴嫩又被稱為中東的巴黎，也以美食之國聞名。那裡一定會有已經具備清真規範認證的美味速食炒麵才對。我如此告訴自己。

譯者按：石井光太為日本散文作家，除了散文外也撰寫小說、繪本及漫畫原作、劇本等。出道作為2005年出版的「物乞う仏陀」（乞討的佛陀）。是作者在亞洲地區拜訪各地乞丐，並深入幕後集團所寫的報導性文學。

開高 健

Takeshi Kaiko 小說家 日本 1930 ~ 1989

光輝閃耀的蓋子

傍晚，我正在床上看書，韋恩大尉全裸走進了小屋裡。他從床底下拿出了速食炒麵，在黃昏光線中輕啜著麵條。那個炒麵的牌子是《一平》。我放下書本，追在大尉身後離開了小屋。

在大約10公尺不遠處，有個被暱稱為《亞斯多里亞飯店》的小屋。查理他們會在這裡打乒乓球、又或者是寫信。漫長的午後這滿溢的熱氣，讓小屋變得宛如火爐一般。明明沒有人在，卻瀰漫著一股速食炒麵刺鼻的氣味。

大尉皺著眉頭揮了揮手，說：「有培洋君的味道。」

譯者按：開高健為日本現代小說家，曾獲芥川獎、川端獎、菊池獎等文學大獎。1968年出版的「輝ける闇」（光輝閃耀的黑暗）則獲得每日出版文化獎。內容描述的是主角前往採訪越南戰爭的故事。據說是開高健自己為了取材而從軍，九死一生回國後依經歷寫下的小說。

光浦靖子

Yasuko Mitsuura 搞笑藝人 日本 1971～

舔醬俱樂部

老公不吃我煮的飯，光是吃速食炒麵，我感到非常困擾。

這樣也好啊。這是指晚餐嗎？可以省下做晚餐的功夫，這不是太棒了嗎。要說速食炒麵哪裡厲害，那就是省去了翻炒的步驟吧。只要倒熱水進去而已呢。明明叫作炒麵，但卻不需要開火喔。這有點詐欺呢！是站在灰色地帶的商品。欸，姑且不管這件事情，把熱水倒進流理臺的時候會砰的一聲，這也還挺可愛的，不就像是夫唱婦隨嗎。妳就和老公一起，晚餐也吃速食炒麵吧。

最近哪，似乎也出了很多種不一樣的口味呢。或者是也可以使用市售的醬汁，下點功夫也行嘛。又或者是把灑上去的配料，當成 YES-NO 枕頭＊來使用，應該也行吧？哇～好下流。我都覺得有點丟臉了呢。抱歉讓我妄想了一下。呃所以，我想應該是完全沒問題的啦。

譯者按：光浦靖子，為日本女性搞笑藝人，與大久保佳代子組成團體「オアシズ」。著有多本著作，「傷なめクラブ」（舔傷口俱樂部）原為商量煩惱的專欄連載，該專欄文章後來集結成為單行本發售。

＊YES-NO枕頭是一個兩面分別寫著YES和NO的枕頭。通常用來放在夫妻的床上，翻出的字樣表示今天是否進行性行為的意願。

速食炒麵即在下

我撿了速食炒麵。那天，從下午開始雲層就遮蔽了藍天，我翹掉學校、在回家的路上，已經開始下起小雨。在我放學途中會經過的那個公園，總是會有無家可歸的老人，帶著空虛的表情、什麼也不做，只是在紙箱上睡覺。在高度資本主義社會當中，我們幾乎就是無能為力。

我打算無視這常見的景色，就這樣走過去，但今天不知為何有種異常的感覺。停下腳步一看，有個紙箱落在遊民老人身旁，是大量的速食炒麵被丟棄了。那看起來就像是在小雨當中濕淋淋的小小狗一樣。我不知道自己應該要表現出偽善、還是偽惡的樣子，困惑了好一陣子。結果還是把它們帶回家了。

就這樣，那些速食炒麵我全都吃完了。時間確實地流逝而過。我喜歡的偶像已經退休、和青年企業家結了婚；喜歡的樂團也解散了；而以我自己來說，我也進了公司、成為社會的齒輪，每天扼殺自我，搭上滿滿是人的電車、搖搖晃晃的去上班，成了週末才會出現的人。而且是非常徹底的。

就是速食炒麵。對於這樣的我，心中能感到安慰的，就是回到家之後自己吃著的那速食炒麵。打開蓋子，拿出醬汁與調味料、把調味料加進去，倒進熱水。等待3分鐘後瀝水，攪拌麵條與醬汁之後，就只是專心一志的不斷將麵條掃進口中。就只有這件事情，是我每天小小的愉悅，也是讓我還勉強能與這個世界有一絲絲連結的，唯一的事情。

就是說，速食炒麵是屬於形上的我；也是我的象徵。更進一步的說，也是我的一個整體。

只要有速食炒麵的一天，我就不會自殺。我想在這個難以存活的社會當中，在水面下努力的用腳丫子打水，雖然樣子難看卻還是活下去。

譯者按：『rockin' on』為日本搖滾音樂雜誌。

加料遊戲

兒子（獨白）：廚房裡，水壺咻咻叫著，實在很吵。

客廳。父親、母親、兒子，家族成員共三人，與家庭教師在桌前坐成一排。他們眼前各自放著速食炒麵。四個人打開蓋子、將調味料灑上去，輪流用水壺添加熱水進去。

父親：那麼老師，我兒子的成績如何呢。

家庭教師：慢慢變好了唷。（將臉靠近兒子）對吧？

兒子：（一臉厭惡）嗯啊。

母親：老師，您若是餓了就再吃一碗吧。

家庭教師：不，沒關係的。

母親、兒子、家庭教師三個人面對著桌子前方的地板，氣勢十足地將熱水倒掉。地板嘩啦啦地濕淋淋，熱水濺了起來。父親並沒有瀝水，而是將嘴靠上瀝水口喝了起來。

家庭教師：如果是笨蛋的話，成績是無法提升的唷。
兒子：（低著頭）我不是笨蛋。
父親：老師，如果成績變好的話，我會出錢的。
家庭教師：真的嗎？

四個人輪流遞著家庭用伍斯特醬，紛紛淋在速食炒麵上。灑了過多的醬汁噴到了地板上。兒子將堆積在容器裡的伍斯特醬含在口中，仰頭漱起口來。母親無視他的行為，繼續吃著炒麵；父親則啜著調味料；家庭教師將整碗麵連同容器給丟了出去。遠遠地傳來了直升機的聲音。

譯者按：森田芳光為日本著名電影導演、編劇，擅長製作話題性電影。1983年推出黑色喜劇『家族ゲーム』（家族遊戲）獲得橫濱電影節最佳電影與最佳新進導演獎。

竹中 勞

Ro Takenaka 報導文學作家 日本 1928 ～ 1991

麵類記者源起

我要做速食炒麵。首先，在做之前必須要為此作心理準備。像速食炒麵這樣的速食食品，也就是……這種三流的食物，正是給像你這樣從體制的漏洞中掉落下來，志在自由生活的你的食物。

拿出醬汁和調味料。這種三流食物，只有在不受學校或公司約束，可以在自由的時間內、隨意的場所吃飯的時候，才能被允許的。如果屬於某個特定的組織，個人就不會被允許擅自享用。得去吃供餐；或者即使不情願，也要和同事一起去吃飯。大家都對這樣的風潮顯得不太情願。

在倒入熱水後等待的3分鐘內，我思考著。說出「全世界的自由人，聯合起來！」這句話的，雖然不是馬克思*，但那樣的風潮卻在日本傳了開來，實在是非常不錯。我瀝完水之後，把醬汁與麵條拌在一起，猛然地將麵扒進口中！

譯者按：竹中勞為日本的報導文學作家，同時是無政府主義者、評論家。1981年出版的「ルポ・ライター事始」（報導文學作家源起）記錄他個人的生平及理論。

*實際上是馬克思引用弗洛拉・特里斯坦的話語「全世界無產者，聯合起來！」，寫在共產黨宣言中，之後成為國際共產主義運動的口號。

瀝水森林

在公寓一室。男人在廚房裡，並排了好幾個速食炒麵。水壺嗶地一聲發出聲響，男人將熱水倒入一個又一個的容器當中。

男人：如果失戀了，我就吃速食炒麵。這時候，我和速食炒麵的距離是0．1公厘。我打開包裝、拿出醬汁、倒入熱水。3分鐘後，只要瀝了水，速食炒麵就泡好了。

男人偶爾會嗆到，但仍將完成的炒麵一盒接著一盒的吃完。

男人：一個晚上吃了30盒。2017年12月7日。今天是保存期限最後一天。還有2分鐘我就25歲了。未來的情人，現在在哪裡做什麼呢。

男人躺在床上，閉上了眼。身體中逐漸充滿了蒸氣。

譯者按：王家衛，香港電影導演，擅長文藝電影、以感情為主題。1997年的「重慶森林」為兩段交錯的戀愛故事。

高野秀行

醬汁王國潛入記

就在東南亞的寮國、泰國和緬甸國境一帶，有個被稱為黃金三角的地區，據說有大量食用速食炒麵的跡象。尤其是培洋君中毒者非常多，連博物館裡都放有許多他們悲慘樣子的照片。

實在是想去看看。我單純的只是對於他們過著什麼樣的生活感到有興趣。另外，也有著至少得挑戰一次培洋君的內心糾葛。從前，朋友A氏拿了個說是LSD的東西回住宿處，只有他自己舔了舔，便被救護車送走了。這次也許輪到我了。

我很快就被招待到某個部族的家中。但他們拿出來的卻是一平。我用擇語試著說出培洋君，但他們卻臉色變得非常難看，吵著叫我趕快吃一平。我也沒有其他辦法，只好把一平吃完。終於能等到培洋君上場嗎！原本我是這樣期待的，沒想到他們接下來拿出來的卻是椰子汁。總不可能這裡面混有培洋君吧？原本我是這樣期待的啦，但裡面雖然偶爾會咬到椰子皮之類的，卻沒有最重要的培洋君。

Hideyuki Takano

散文作家 日本 1966～

事有但書。午餐結束之後，是時候可以來根菸，所以大家都抽起了水煙。沒想到，還以為就是水煙呢，但放煙草的地方，裡面放的不正是培洋君嗎！我立刻品嘗了一口，感覺到無比的幸福，回過神來已經過了3小時以上。這就是標準的抓賊的反作起了賊吧。

譯者按：高野秀行，日本散文作家、翻譯家。著作「ビルマ・アヘン王国潜入記」（緬甸・鴉片王國潛入記，之後更名為「鴉片王國潛入記」）內容描寫作者前往越南，與反政府組織的人民共同種植鴉片的農業記錄。

材料這門課

北山耕平

理想的速食炒麵與其享用方式

愛著那個速食炒麵的人所做出來的
那就是最美味不過的。
這是因為愛會以能源的方式
潛藏於那當中。

料理的人
如果對於那碗速食炒麵
也是相同地憐愛的話，
那麼應該會更加美味吧。

你在某個餐桌上

Kohei Kitayama

編輯 日本 1949～

被人拜託遞個調味料過來，
而你也幫忙他瀝掉速食炒麵的熱水時，
請試著不要惋惜自己愛的振動，
而在瀝水時將振動添加進去吧。
這完全不用花錢，
就能讓心情舒適。

譯者按：北山耕平，日本的編輯、翻譯、作家。著作有「自然のレッスン」（自然這門課）、「地球のレッスン」（地球這門課）等。

新井素子

袋子當中的……

呃，這個容器叫做速食炒麵，是被稱為速食食品的東西。也就是說，只要照著步驟，進行簡單的條理，就能夠吃到美味的食物了吧。打開蓋子之後，裡面裝有硬梆梆的麵條，上面還放了幾個小袋子。所以，打開容器之後，首先就會看到小袋子對吧。

沒錯，這當中……這當中裝著小袋子啊。

☆

統稱是『小袋子』，但其實有三種。

首先是調味料。這個是炒麵裡面會放的材料，乾燥之後裝進袋子裡。在倒熱水之前就要灑在麵上，必須一起泡開才行。也就是，要先灑上去對吧。

接下來是醬汁。這個必須在瀝水之後加進去，然後和麵拌在一起才行。先放進去應該就不好吃了吧。

最後是美乃滋。這個東西有些人會用、也有些人不用。也就是有人會因為考量到卡路里的問題而不加；但也有人喜歡油膩點而淋上去對吧。（順帶一提，我雖然會在意卡路里的事情，但也是很容易輸給誘惑的那種人。）

☆

過了三分鐘，瀝水。

淋上醬汁。用筷子攪拌。

眼前有美乃滋的袋子。

然後。

<fin>

譯者按：新井素子，為日本現代小說家，以輕小說聞名。出道作「あたしの中の……」（在我當中的……）為科幻小說。

林雄司

Yuji Hayashi 專欄作家 日本 1971～

熱水

我在家附近的便利商店，那裡有個上班族，正在使用放在結帳櫃台旁邊的水壺。就是那種，偶爾會有人在那邊泡泡麵的那個東西。但是，上班族泡的卻是速食炒麵。他是要怎麼瀝水啊。

從結論上來說，店內用餐區是有可以倒水的地方（真方便）。但是，仔細想想，如果不是能夠把水倒掉的環境，就沒辦法泡速食炒麵。

· 在太空船當中，泡了速食炒麵而感到困擾
· 在高速公路上奔馳的車子裡，泡了速食炒麵而感到困擾
· 醒來以後身處於謎樣的立方體密室當中*，泡了速食炒麵而感到困擾

當然也有個方法就是直接把熱水喝掉。過了3分鐘之後，就當場咕嚕咕嚕地開始喝。因為很燙，所以要一邊吹涼。或者說「這樣會來不及的」，一邊將冰塊放進去。在無法倒掉熱水的地方，也許正有人發生這樣的困擾。

譯者按：林雄司為出身東京的專欄作家。1996年起於個人網站設立專欄「死ぬかと思った」（我還以為會死掉），之後將專欄文章集結為書籍出版。另有多本著作。

*此為懸疑科幻電影「異次元殺陣」的設定。

夢推
Usomatsu

要說說我在便利商店
用氣炸的上班族瀝水的事嗎？

給我等等，剛才我在便利商店排結帳隊伍，有個穿西裝的男人，拿著泡到一半的速食炒麵問說：沒有瀝水的地方啊！要怎麼辦啊！對著店員大發脾氣。我跟男人說我想結帳耶，結果他對我說「你閉嘴」，我火一上來就說「不是還有你的肚子可用嗎」抓著男人的頭就把熱水（以下略）
轉推 0　喜歡 52

@mkgkdn_twtr
喂 wwwwwwww

@rply_tmdc
店員還跟我說「謝謝你」，但其實我手都在抖了w
轉推 0　喜歡 10

譯者按：本篇是寫成推特的文章模式。所謂夢推是指發文者以非常認真、宛如事實一般陳述事件的文章，但其實是當事者天馬行空的幻想內容。

田口賢司

Yugily

先前那個星期天。

我開著68年型的雪弗蘭科爾維特，往西方奔馳。從汽車音響中流洩出寵物之聲*，橘色的太陽始終追逐著我們。

副駕駛座上的女人，將熱水從可口可樂瓶倒進聚苯乙烯的容器當中。她是個溫柔的女人。塗著粉紅色指甲油的手指，依照撕破的包裝上寫的指示動作著。那是女人的速食炒麵。

「甜心～」

「怎麼了？」

「我不會馬上上床。因為我就是這樣。」

「我知道啊。」

女人是個醜八怪。在我眼瞳湖水當中映照出了她身為醜八怪的真實。是個水嫩嫩的醜八怪。環球醜八怪小姐。但是，卻有個任何人都會想摸一下的屁股。是醜八怪有個屁股呢，還是屁股附帶一個醜八怪呢，不知道究竟真相如何。

Kenji Taguchi

小說家 日本 1961～

熱水從副駕駛座，被瀝往了柏油上頭。女人確認所有熱水都離開了之後，淋上醬汁、用筷子攪拌了起來。

「這麼說來，我還沒問妳的名字呢。」

「瑪丹娜。」

那是速食炒麵。

這碗速食炒麵於２０１７年12月7日，自正午起之３分鐘內，以快速之廢物為目標而被製作出來。

在充滿伍斯特醬氣味的房間中，坐在雷・埃姆斯設計的塑膠椅上，然後，口中傳出了唏哩呼嚕之重低音，並且隨著呼啊聲之外洩的呼吸節奏喀啦喀啦搖擺。

譯者按：田口賢司為日本現代小說家，１９９４年發行的「ラヴリィ」（Lovely）為公路小說。此篇篇名「Yugily」為瀝水的日文「湯切り」（Yugiri）的變形。

＊「寵物之聲」為美國流行樂團「沙灘男孩」發行於１９６６年的一張專輯。

夢麵成真

水野敬也

真的做這種事情，就會一步步接近成功嗎？

「啊，你小子，難道是懷疑老子咩？」

說出這句話的，是有著圓滾滾大肚子、臉上有個長長鼻子的大象……不，是神明。

「你小子，可是很幸運的。能夠獲得老子的教誨可不是那麼容易地。所以咧，不是就叫你趕快泡速食炒麵了咩。」

自稱名為迦尼薩的這傢伙，說是會教導我成功的法則。但是，一開始卻是叫我泡速食炒麵。

「真的做這種事情就會成功嗎？」

「安心唄。比爾．蓋茲、本田宗一郎、還有福澤諭吉，他們都曾經這麼做過咧！」

我想那個時代應該沒有速食炒麵才對。

雖然我抱持著疑問，但還是決定照著迦尼薩說的做做看。我打開容器、灑上調味料。倒入熱水後，蓋上蓋子等三分鐘。

「你做得挺順手的嘛。看起來有希望！」

Keiya Mizuno

小說家 日本 1976～

我拿著容器站在流理臺前，迦尼薩從一旁窺看著我的樣子。

「那個，你小子啊，你知道老虎伍茲嗎？」

我當然知道。是打高爾夫球非常成功、超級有名的人。

「伍茲他啊，在對手推杆的時候，都會祈禱『進去呀！』呢。所以，我也會祈禱著『瀝水吧！』這樣喔。」

「喔……」

我慢慢地瀝完水之後，淋上醬汁攪拌麵條。

「怎樣怎樣……好吃！　這個，超好吃的捏！」

看著他的樣子，我這才發現。這傢伙只不過是肚子餓了而已。

［迦尼薩給的課題］

祈禱「瀝水吧！」

譯者按：水野敬也，日本小說家，代表作為「夢をかなえるゾウ」（夢象成真），故事內容講述一個想改變自己、卻又容易放棄的上班族，遇上了外型是大象頭的印度神明「迦尼薩」，之後就在迦尼薩的訓練下一步步走向成功……。

Gachapin大挑戰系列（炒麵篇）

今天是我第44次的5歲生日。為了要慶祝，所以決定大家一起泡速食炒麵。我特別包下那個，平常我都會去喝哈密瓜汽水的富士電視台彩虹咖啡廳，好啦，來泡吧～！　呃，怎麼Mukku不在呢。他怎麼總是這樣啦！　啊，來了！

「哎呀真是抱歉的呢，我只是挑個速食炒麵，沒想到就這種時間了呢。就當成補償，如果瀝水失敗的話，就用我的紅色抹布來擦吧。」

真是的～Mukku你在說什麼傻話啊。放進調味料、倒下熱水，蓋上蓋子！　等待3分鐘之後，就來吃吧！

「總是多多少少還是會覺得，看起來跟我的體毛有些相似吧。」

你如果再說那種無聊的事情，我就要用我手上這八個能量球撞你喔！

「你就饒了我吧～」

譯者按：Gachapin為富士電視台兒童節目出身的吉祥物，設定上是出生於南國的恐龍男孩，年齡在到達五歲之後就成為永遠的五歲。夥伴Mukku是在北極附近出生的雪男，一樣是永遠的五歲。

Mukku先生，要吃炒麵哩喔

在2ch總是被欺負地很慘的吉祥物，有點奇怪的Mukku大人登場囉！

今天除了Gachapin以外，也是在下Mukku第44次的5歲生日的喔。但是就只有那個綠色毛毛蟲傢伙，是那種慶祝氣氛，而我卻被叫去買速食炒麵，根本被當成跑腿的啊。這到底是怎麼回事的啦。

「Mukku，趕快過來啊！要泡速食炒麵囉！」

我聽到Gachapin的聲音囉。之後就會把他帶到灣岸攝影棚的後面去，好好地告訴他我有多麼恐怖的喔。現在就先溫柔對待他喔。對不起啦。趕快來泡吧。嗯哼哼這不是還挺好吃的嘛。哎呀，這個速食炒麵的麵條，不是跟我的體毛還挺像的嗎。

「Mukku，你如果再說那種無聊的事情，我就要用我手上這八個能量球撞你喔！」

我要殺掉這傢伙啦。等到變成Mukku大人我的世界的時候，我就要讓你去買速食炒麵啦。在那之前，被當成抹布也只能忍耐囉。

河原 溫

On Kawara 美術家 日本 1932 ～ 2014

譯者按：河原溫，觀念藝術派的現代美術家。其觀念主題為「時間」及「存在」。他的畫作「日付　画」（日期繪畫，又名 Today 系列）為塗成單一色彩，上面只寫了繪畫日期的圖畫，雖為整面塗滿卻不留筆觸。

獻詞

Dedication

獻給我的母親、父親，以及妻子瑪莉

若是沒有你們泡速食炒麵給我，

那麼這本書便無法完成

特別ＢＩＧ座談會

如果六位文豪談論關於《大仿寫！文豪的１００種速食炒麵寫作法》

村上春樹、芥川龍之介、太宰治、星野源、坂本龍一
司儀：池上彰

前作執筆陣容的１００位當中，有6位齊聚一堂，
由多種角度分析２０１７年夏季話題大作，
超豪華成員獻上「現場討論到早上」６小時特別節目！

暢銷的理由「完全不明白呢」

池上：呃～這次為了紀念《大仿寫！文豪的１００種速食炒麵寫作法》銷售突破十萬冊，因此舉辦此一座談會。各位，還請多多指教。

（眾人互打招呼）

池上：首先，我想先問問各位，對於這次銷售十萬冊，各位最直率的感想是如何呢？村上春樹先生，您覺得如何？

村上：說老實話，還真是搞不懂呢。我是個非常個人化的人，所以就算跟我說這本書大為暢銷，我也是沒個頭緒。沒辦法好好消化這個訊息。

池上：原來如此。沒辦法好好消化是吧。其他人覺得如何呢？

芥川：像是「故事」，卻沒有故事內容的小說，竟然能被大眾接受到這種程度，說老實話我是挺驚訝的。大致上文學這種東西，畢竟都是成立在「故事內容」上的。

太宰：我是理解成，這是透過社群媒體而形成的新型個人主義抬頭。

星野：非常驚訝。不管是這本書暢銷、還是我在這裡的事情。

坂本：我真的非常憤慨。因為這實在令人感受不到知性。果然這種東西就是能夠被大眾接受嗎……覺得真是令人生氣（笑）。

池上：哎呀，出現了非常激烈的發言（笑）。那麼我們接著談下一個話題吧。

作家擁有各別獨自的樣貌

池上：各位，讀了書上的文章之後覺得如何呢？

村上：所謂表現者，就是擁有各別獨自的樣貌。能夠重新認知這件事情，我覺得非常有趣。

太宰：這不只是單純寫出來，而是能夠讓人感受到，是明知會讓這些人紛紛蹙眉才寫下的，這就更加有趣了。

芥川：我算是個頗為雜亂的作家，但我覺得這裡刊載的都是一些純粹的作家們。我只不過是盡可能的拿筆一直寫而已。

池上：不管怎麼看，都沒有相同的文體，這點讓人十分驚訝呢。順帶一提我的部分是寫成對話的樣子，而太宰先生也是口述筆記，這點還請見諒（笑）。

這個名字並列於同一本書當中

感覺非常不可思議

池上：話說回來，各位又是如何看待對方的呢，這令人有些在意呢。

太宰：我和芥川老師的名字並列在一起，實在令人感慨萬分。

芥川：谷崎和我排在一起，也讓我深思許久。夏目老師也在本書當中，有許多我在文壇上非常親近的人，這點是還挺有趣的。

村上：我對於自己也列在這個清單當中，感覺非常不可思議。有種真的體會到，文壇遠道而來接近我的感覺。

坂本：我可完全不是什麼文豪呢。不過星野也是這樣啦。

池上：哎呀，出現了星野的名字。您從剛剛就一直沒說話呢，是不是也該提些什麼話題啦？

星野：（笑）。真抱歉。我有點緊張。

星野源是「宛如說話般寫下」

池上：這本書有許多作家參加，星野應該是最年輕的吧？

星野：首先應該要吐槽我難道是文豪嗎才對吧（笑）。我能夠和各位並列在一起，就覺得感激不盡了……。我沒什麼才能，只覺得能夠一路寫來真是太好了。

坂本：你也太謙虛了吧？你和細野先生的感情也不錯，也很容易就受到上一個世代的歡迎呢。但是，畢竟是做音樂的人，讓人不禁會想，你是不是其實還隱藏著一些反體制的部分呢。像我啊，雖然覺得演歌真是討厭，但還是在日本過生活呢。

星野：不不，您在說什麼呢（笑）。

村上：真是嚴厲啊。雖然我也有點能夠理解。

太宰：坂本啊，攻擊他人很無聊喔。

坂本：是這樣嗎。我是不這麼覺得。

星野：那個，坂本先生，請饒了我吧（笑）。

（一起笑了出來）

池上：其他人覺得星野先生的文章如何呢？

太宰：星野的散文，我覺得和佐藤春夫的作品有點像呢。

芥川：很擅長「如同說話般寫下」對吧。人類只會做自己辦得到的事情。星野能夠寫出文章，就表示你就是能夠寫文章的人喔。

星野：那個，還是到此為止吧。繼續講下去我會太囂張的（笑）。

池上：既然星野都喊停了，那麼就換個話題吧。

村上春樹喜歡的食物是……

池上：差不多也該要結束了。最後請大家告訴我們，你們喜歡吃的東西。坂本先生看起來是不吃速食炒麵的對吧？

坂本：嗯。我不吃。因為覺得會削弱人類的動物特質。畢竟音樂是屬於非常身體性的。星野你呢？

星野：呃，我是會吃啦。但是，如果要問我喜歡吃的東西是什麼……這個，我有寫在自己的書上，在很辛苦的工作結束之後，我喜歡去吃鰻魚。

芥川：我很常去一間叫做須崎屋的鰻魚店。

太宰：我也會去東京車站附近的一間鰻魚路邊攤，去過那邊好幾次。

池上：各位都喜歡鰻魚呢。順帶一提，現今日本據說有鰻魚滅絕的危機，因此在東南亞的養殖活動便越來越盛行。但是，這個應該沒什麼關係對吧（笑）。村上先生喜歡什麼呢？

村上：什麼呢……炸牡蠣嗎。

星野：咦，這時候不是該說義大利麵嗎。

池上：哎呀，沒想到會是星野先生吐槽村上先生！

（一起笑了出來）

村上：哎呀呀真服了你……。

星野：真是抱歉（笑）。

池上：呃～時間也差不多了，所以就到此結束吧。今天真的非常謝謝各位。

一起：非常謝謝。

假如村上春樹為本書寫了「後跋」……

關於《再來一碗！ 文豪炒麵》的誕生。

首先，恐怕是沒有人記得我們的名字。

有那樣的人物存在，就只是那樣而已。我們的生涯——雖然還活著——但卻沒有人知道。大家對我們，就如同對於恆河上漂浮的死體所認知的那樣多。

說到底《文豪炒麵》能夠藉由我們的手，在這個不利出版的狂風暴雨當中，來到這片骯髒的土地上，這就是一個歷史性的事實了。並且今年同時也是，一名女性都知事飛越了名為皇居的日本精神性支柱，由新宿打算將手搭上國會議事堂梯子第一層的年分。

我們的人生並不是像史蒂夫．賈伯斯、或者約翰．甘迺迪那樣，有著宛如神話色彩般地五彩繽紛。沒有會令人睜大眼睛的少年時代花絮故事，也沒有什麼戲劇化的發現。只不過是在喜歡次文化的讀者腦中，又或者是在 Village Vanguard* 架上姑且有個名字罷了。

２０１７年６月，神田桂一和菊池良合作的《文豪炒麵》發售了。連照片都沒刊登。當然也沒有肖像、甚至或是銅像了。

而在此情況下，《再來一碗！ 文豪炒麵》發售了。你在《再來一碗！ 文豪炒麵》前持續消耗著孤獨的時候，某些人可能已經讀完了杜斯妥也夫斯基。又或者有人在電影院與女朋友眺望著『敦克爾克大行動』，然後相愛也不一定。而他們就會成為洞察時代的作家；又或者是一對幸福的夫妻。

願你讀了好書（Have a nice reading）。

11月就在眼前的秋季晴朗午後、於自家當中　村……不，是神田桂一

＊Village Vanguard為一知名雜貨店。

假如黑柳徹子來談談本書的「解說」……

♪嚕嗚～嚕嚕　嚕嚕嚕　嚕嗚～嚕嚕　嚕嚕嚕　嚕、嚕、嚕、嚕、嚕嗚～嚕嚕～請進！　是神田桂一先生和菊池良先生～（啪啪啪啪啪鼓掌）。♪嚕嗚～嚕嚕　嚕嚕　嚕嗚～嚕嚕　嚕嚕嚕　嚕、嚕、嚕、嚕嚕嚕～　兩位的著作，文豪…速食？　文豪？…哎呀，是什麼呢……大為暢銷呢　♪啦啊～啦啦　啦啦啦　啦～啦啦　啦啦啦　啦、啦、啦、啦、啦啊～　好像是被稱為《文豪炒麵》是吧？　♪啦啊～啦啦　啦、啦、啦、啦、啦啊～啦啦～　啦～啦～～啦～～～啦啊～～～～　這次又創作了第二集，所以就請多多指教囉～喔（啪啪啪啪鼓掌）～［ＣＭ］

歡迎兩位光臨。呃，哎呀，只有稍微胖一點點的是神田先生？　菊池先生個子比較嬌小對嗎？　是這樣沒錯吧。欸雖然是有點突然啦，不過你們的書非常暢銷，有沒有什麼事情改變的呢？　神田先生因為拿到版稅而得以搬家？　菊池先生呢，啊，沒發生什麼特別的事情啊，好的我明白了。兩位是不是非常害羞呢，話很少、都不太說話呢，就跟我先前從工作人員那邊聽說的一樣。呵呵呵。所以我就事先哪，先去詢問了先前那本書就負責企劃、製作和編輯的著述家兼編輯石黑謙吾先生，問問各種情況和許多事情呢。然後啊，也和前作的解說，柳家小三治先生談過話了，所以說這個，是文體仿寫嗎。是因為要向從前那位叫做雷蒙．格諾的法國作家所寫的《風格練習》一書致敬，而進行了這個企劃嗎？噢因為這和你們想做的村上春樹的文體企劃又剛好能相關連，噢，這樣啊。然後你們是說，發售的時候就已經決定要做第二集了，不過要再寫另外100人……哎呀，這次是120人是嗎，寫新的文體不是非常辛苦的嘛？ 哎呀，兩個人在一開始的協調會議上也被這麼問了，但馬上就回答說「完全沒有問題！」是嗎？ 哎呀所以你們都很會寫文章對吧～！ 也就是你們有看過那麼多不同領域的書了呢，嗯。不過，對了對了，關於梗啊，我聽說原本不是打算寫速食炒麵，而是別的東西呢。說是那樣比較有「框架」之類的。還提出了100個方案，非常煩惱，最後決定是「假如文豪們成為火鍋將軍＊」這樣。你們還實際上寫了3篇左右之類的。但從編輯的觀點來看，果然還是速食炒麵比較有趣，所以才會又寫了一樣的這樣。的確是非常奇怪呢，那個什麼，叫做瀝水？ 總覺得是有點脫線的行為，還有流理臺會咚地一聲之類的，呵呵呵。啊，我是連一次都還沒有吃過啦啊！這麼說來，你們啊，應該用版稅買了很多速食炒麵吧？有好好的瀝水嗎？ 啊，沒有那回事啊，說的也是呢，都可以去吃牛排了嘛，呵呵呵。話說回來，出現在書中的人們，並不是你們說好了之後分工來寫的？　我聽說，上次和這次，都是被交代各自寫個清單出來，拿出來之後發現居然都沒有重疊的，這是真的嗎？　哎呀，這不是挺厲害的嗎。這表示你們非常相合呢。啊，又或者是完全相反呢，呵呵呵。無論如何，現代作家或者音樂系統的就是神田先生寫的；近代作家或者網路系統的就是菊池先生寫的，還是會有自己擅長的領域傾向呢。不過我一確認之後，意外的也有完全相反的呢。讀了這本書的人當中，就算是有人不認識你們啊，也會想像一下這個是誰寫的、有什麼傾向呢，這樣一邊讀下去也會覺得很開心呢。這樣的話，會不會覺得自己是『文豪炒麵大師』呢，呵呵呵。但說真的啊，像這樣解讀文體，自己的腦袋應該也會變好呢。模仿東西或者是仿寫，就像是「灌輸A區域的資訊到大腦裡面，轉換成B區域的東西輸出」這樣，是有些困難的事情，石黑先生是這樣說的，畢竟這本書的根源就是那個嘛，不就是「鑑定」嗎？　找出相似的東西，連結並聯想的力量這樣吧。非常擅長仿寫，就表示是能夠辨到廣泛應用的人，我是這麼想的啦。所以讀了這本書之後，我覺得知性感應該也會有所提升吧，你們同意嗎？　這個論點我還挺有自信的，所以我們請超級仁同學登場吧。哎呀，弄錯節目了嗎？　話說回來你們啊，結果這不是30分鐘之內連句話也沒有說嘛？　真是的～都只有我在說，還真是不好意思呢。♪啦啊～啦啦

啦、啦、啦、啦、今天的客人，是神田桂一和菊池良先生～　啦～啦～～啦～～～啦啊～～～～【ＣＭ】

黑……不，石黑謙吾

＊火鍋將軍，原文為「鍋奉行」，意思是在眾人煮火鍋的時候，會在一旁指正該放什麼、不該放什麼、放蔬菜或肉的先後順序及擺放方法等的人。

＊本書中登場之作家、名人、媒體等文章，一概皆由作者出於致敬而作的文體仿寫。

TITLE

再來一碗！文豪名人的120種速食炒麵寫作法

STAFF

出版	瑞昇文化事業股份有限公司
作者	神田桂一　菊池良
譯者	黃詩婷
總編輯	郭湘齡
文字編輯	徐承義　蔣詩綺　李冠緯
美術編輯	謝彥如
排版	曾兆珩
製版	昇昇興業股份有限公司
印刷	桂林彩色印刷股份有限公司 綋億彩色印刷有限公司
法律顧問	經兆國際法律事務所　黃沛聲律師
戶名	瑞昇文化事業股份有限公司
劃撥帳號	19598343
地址	新北市中和區景平路464巷2弄1-4號
電話	(02)2945-3191
傳真	(02)2945-3190
網址	www.rising-books.com.tw
Mail	deepblue@rising-books.com.tw
初版日期	2019年7月
定價	320元

ORIGINAL JAPANESE EDITION STAFF

企画・プロデュース・編集	石黒謙吾
イラスト	田中圭一
デザイン	寄藤文平＋杉山健太郎
編集	九内俊彦（宝島社）
DTP	藤田ひかる（ユニオンワークス）
協力	すぎたいくこ
制作	（有）ブルー・オレンジ・スタジアム

國家圖書館出版品預行編目資料

再來一碗!文豪名人的120種速食炒麵寫作法 / 神田桂一, 菊池良作 ; 黃詩婷譯. -- 初版. -- 新北市 : 瑞昇文化, 2019.06
224面 ; 12.8x18.8公分
譯自 : もし文豪たちがカップ焼きそばの作り方を書いたら : 青のりＭＡＸ
ISBN 978-986-401-351-7(平裝)

861.3　　108008897

太宰治＊村上春樹＊コナン・ドイル＊星野源＊ドストエフスキー＊松尾芭蕉＊田山花袋＊漫才＊大江健三郎＊志賀直哉＊小沢健二＊レイモンド・チャンドラー＊『POPEYE』＊池上彰＊紀貫之＊相田みつを＊宇能鴻一郎＊安部公房＊糸井重里＊町田康＊夏目漱石＊『週刊文春』＊シェイクスピア＊又吉直樹＊イケダハヤト＊江戸川乱歩＊小林よしのり＊フィッツジェラルド＊尾崎豊＊西尾維新＊『週刊プレイボーイ』＊ヒカキン＊読売新聞コラム「編集手帳」＊ナンシー関＊村上龍＊トマス・ピンチョン＊名言集＊国語の問題＊デーブ・スペクター＊三島由紀夫＊水道橋博士＊蓮實重彥＊ラッパーの詩集＊吉田豪＊サミュエル・ベケット＊中島らも＊谷崎潤一郎＊

廣＊俵万智＊新聞記事＊グリム兄弟＊林真理子＊内田樹＊高城剛＊川端康成＊求人広告＊スーザン・ソンタグ＊沢木耕太郎＊さくらももこ＊松浦弥太郎＊森見登美彦＊宮本浩次（エレファントカシマシ）＊中原中也＊女性向け自己啓発エッセイ＊リチャード・ブローティガン＊ヴィジュアル系＊栗原康＊松本清張＊米原万里＊『VERY』＊小林多喜二＊自己啓発本＊三代目魚武濱田成夫＊石野卓球＊田中宗一郎＊アンドレ・ブルトン＊宮沢賢治＊『暮しの手帖』＊ビジネスメール＊山田悠介＊北園克衛＊山本一郎＊伊藤政則＊利用者の声＊道徳の教科書＊ウィリアム・ギブスン＊吉本隆明＊グラビアポエム＊ドリアン助川＊井上章一＊百田尚樹＊［対談］村上龍×坂本龍